You're the
Holy Light
  of My Junky Life

致我们所钟意的黄油小饼干

杜梨 著

江苏凤凰文艺出版社

致家人、朋友、松鼠果仁儿、松鼠笋尖儿、
灰喜鹊花花、灰喜鹊小兴安岭、咪噶和咪麦

目录

世界第一等恋人

——致我们所钟意的黄油小饼干

①

"Sorry, I prefer Asian boys, especially Chinese boy." （抱歉，我还是更喜欢亚洲男孩，尤其是中国的。）

姚鹉站在柜台前，面容粉白，还是十六岁的脸，嘴唇微微地撅着，涂了樱花粉，一身咖啡色的苏格兰粗花呢大衣，里面是小圆领衬衫和墨绿的丝绒百褶裙，光腿穿假毛皮靴。就在刚刚，她婉拒了一些店员推荐的销量极高的欧美仿生人。她一边打量着高清玻璃柜里的男孩儿种子和拟态生长视频，一边喝着人造牛奶拿铁，和部分亚洲人一样，她有些乳糖不耐，而人造牛奶没有乳糖又环保，真是得意。

店员是一个褐色头发的白人女孩儿，涂着浓重的眼线和睫毛膏，眼睛绿得很妖，薄荷色的荧光服上挂着莱斯特基因公司的名牌：Rachel Mirror。听到姚鹬的选择后，Rachel 颔首微笑，鲜红的唇纹被扯开，"Alright, yes, you may have your own choice. Shall we start from the facial options first?"（好吧，行，你可以自选。从面部设置开始吧？）

说着，她就在液晶板上调出东亚人脸库，让姚鹬选择喜好的仿生人脸部特征。Rachel 感到有些不解，莱斯特基因公司是全顶级的仿生人定制工厂，一般不惜重金来到这里的中国人，都是为了图新鲜买非东亚人种，很少有人明确要求买本国仿生人。而且，Rachel 在审核姚鹬的资料时发现，眼前的这个中国女人三十多了，大概做了身体细胞重塑吧，因此还是少女的模样。这也难怪，亚洲男人一向很喜欢年轻女孩。

姚鹬选了一会儿，摇了摇头，把拿铁放在一边，挽起袖子，打开智能腕机，从里面调出一张老照片给对方看。那是一张年轻男孩的证件照，细长的眼和清瘦的脸，头发蓬松，典型的中国人。她说她希望按照这个来量身定做，钱不是问题。Rachel 正色解释道，这张照片还是二维摄影时代的平面产物，不像近些年出的三维摄影那般可以测绘，所以做出来的仿生人会有些偏差，便问她有没有这位先生的三维立体人像。

中国女人的黑眼睛里霎时有了阴云，他没能活到那时候。

"Oh, I'm sorry to hear that, lady, are you alright?"（很抱歉，女士您没事吧？）Rachel 一边道歉一边向她说明，她们会反复地去做模型测算，尽量把误差做到最小，和照片上的人无异。

"I'm fine, really, just want to start again."（我没事，只是想重新开始。）姚鹬笑笑，"With him."（和他一起。）

她心里兀自松了一口气，麦锦明当然没死，只是不能拉他过来做人脸测绘，一是麦锦明现在比照片老，二是姚鹬和麦锦明早已离婚了。这么说只是为了减少麻烦。

②

莱斯特基因公司的高定仿生人，除了生理特质上要符合顾客的要求，相关的记忆也会根据顾客提供的数据做影像信号转化，输入到仿生人的拟态大脑中进行意识衍生，这都不难。唯一麻烦的是，工厂必须培养出仿生人对各种事物的真实感知能力和微妙的情感反馈，比如雨后的空气所带来的愉悦，或是秋刀鱼入口时的鲜嫩，这对于仿生人的性格养成和日后的社会互动至关重要。

过去的半年中，莱斯特基因公司每天自动向她推送 Mai 的拟态成长视频，下班做完运动后，她就瘫在麻布沙发上，打开四维巨幕投影，看着他在房间里沙沙地走来走去。按照姚鹬提供的食品目录和活动清单，Mai 每天都要吃中餐记忆果冻，喝各种粒子饮料，还要学会烹饪，练习琵琶，一周踢两次球等，除此之外，工作人员还要反复对他进行人格安全测试。

一个夏末的周五，姚鹬坐着氢燃料胶囊飞艇空降伦敦，准备办手续带走她定制的仿生人 Mai。虽然有了长时间的影像曝光，但真正见到 Mai 的时候，她还是吓了一跳。他穿着工厂的白色制服，站在仿生人的胶囊宿舍门旁，对她张开双臂，一如十几年前，"我亲爱的黄油小饼干，等你好久啦。"把麦锦明惯用的拖腔和咬字重音都模仿得别无二致。

她脑中一片空白，机械地去碰触 Mai 果冻样的脸颊，他轻轻地握住了她的手，惊悸的微电流从她指尖传来，激起了莫名的狂喜和委屈，她咧了咧嘴，想笑，结果小声地哭了出来。店员 Rachel 对这种情形习以为常，她们很乐于看见这样的场景。

"Want to sit down?"（坐会儿吧？）她一边轻声安慰着姚鹬，一边叫小服务机器人递上吸泪纸巾。Mai 接过纸巾给她擦眼泪，"别哭了傻瓜，为了等你接我回家，我特意给你做了小熊巧克力。"说着他从兜里掏出一板连环小熊巧克力，掰下一只塞到她嘴里，随即在她的脸颊上飞速地亲了一口，唇瓣柔蜜，仿真的体温。巧克力微微发苦，小熊耳朵光滑圆润。

就这样，姚鹬带着 Mai 飞回了她在辋川的别墅，一路上 Mai 都很安静，他的头发在光下显得朝气蓬勃。她侧过头端详他的脸，按照她的要求，他的眼睛变得更大了，鼻梁也做高了，眼边的那颗痣还在，甚至还有淡淡的笑纹。摩挲他手的时候，她还惊喜地发现他的左手指尖上有茧子，这是练琵琶所致，没枉费心机，她这样想着，满意地笑出声，把头靠在他的肩膀上，在飞艇的竖琴声里，沉沉睡去。

到家后，机器人五花已经做好了午餐。五花把饭端出来的时候看见了 Mai，有两秒钟，它直直地盯着他，屏幕闪烁不定，之后恢复了平静。

五花是姚鹬当初结婚时，攒了半年的钱为麦锦明买的厨卫机器人，因为麦锦明不会做饭，所以它的主人印记被设定成麦锦明，姚鹍不在家的时候，麦锦明可以更方便地料理自己的生活。和麦锦明离婚后，为了报复，她把五花从家里带了出来。

吃到一半，Mai 突然说："小鸽子，我这次去英国留学回来，学会做很好吃的胡萝卜蛋糕了，要不要一会儿做给你吃？"

几个小时的飞行让姚鹍感到疲惫，她已不再有少女时的活力和胃口，注射雌激素和身体细胞重塑固然能让面容和身材维持不走样，但一块巧克力仍然能让她提心吊胆好久。

"不了亲爱的，我现在吃不了这么高热的东西。"

"那我给你做小黄油饼干吧！"

她放下筷子，懒散地摇摇头。

"可我在莱斯特的时候，你天天跟我说，只有黄油小饼干才能配得上伯爵红茶，它们在一起才不浪费午后，肉桂饼干什么的都是英格兰的妖术。"

她烦躁起来，可是一看见他那张年轻温柔的脸，又泄了气，毕竟他的记忆还停留在她还是饕餮少女的时候，他是无辜的。"不了麦麦，我现在不太能吃甜了，你不是一直希望我变瘦吗？"

Mai 愣住了，他盯着她的脸，疑惑和不安涌出他的眼睛，好像她是一个烤坏的蛋糕。他的喉结上下滑动，似乎在费力地思索和计算，"不对，我从来没有说过这句话，我的记忆里没有这句话。"

姚鹍一下子坐直了，直冒冷汗，那句话是麦锦明离开的时候说的，她没有输进他的记忆库里。

"你是不是不喜欢我了？"Mai 的脸上浮现出机械样的痛

苦，他的手摸索着伸向她。

她苦笑一声，"不喜欢你，我还接你回来？"

他握住她的手，手掌有些冰凉，他细腻的皮肤让她有些后悔重启这段不对等的恋情，她高估了自己。换成以前的麦锦明，他一定会追问下去，而她真不知道怎么向他重塑这十几年的流水。Mai 眼前这个被程序设计成他唯一恋人的少女，光鲜的皮囊下是一个靠着细胞重塑才得以维持体面的离异妇人，她不能告诉他真相，当然不能。

不料他突然笑了，露出一排鲜白的小牙，"我知道了，我是说过你有张微肿的白香皂脸啊，可是你怎样我都喜欢，真的。"姚鹞嗤笑一声，她的灵魂立在碗前，冷冷地看着 Mai，要真是如你说的一样，我们还能离婚？但是她终究什么也没说。

她是被黄油饼干的香气惊醒的，睁开眼睛已是将晚，机器人五花端着一小碟黄油饼干和红茶站在床头，上附着一张字条，"亲爱的，这是我给你做的改良版黄油饼干，不会让你摄入过多热量的。我出去转转，买一些时令蔬菜带回来给你煲汤。"

"他出去多久了？"

"一个小时零十分钟。"五花平稳地回答。

"你为什么不拦住他？赶紧给我他的定位。"她手忙脚乱地穿衣服。

她穿上运动鞋冲出门，内衣勒得胸骨有些紧，心脏狂跳，肾上腺素激增，生怕他擅自出门遇到什么状况，晚风送来泥尘的味道，快要下雨了，Mai 不知道会不会受到雷电干扰定位不准，她加快了脚步，朝着有机蔬菜农场的方向狂奔过去。以前麦锦明约会迟到的时候，也是这样一路跑酷到她面前，拽住她的手，一脸愧色，"对不起对不起，我又迟到了。"

刚到门口，她就看到 Mai 拎着一包蔬果从里面走出来，气都没喘匀，腥味泛上喉咙，"谁让你到处乱跑了！这些都可以交给五花来做啊！"

Mai 连忙上前搀住她，"可是机器人怎么会知道你喜欢的食物模样呢！它们只知道服从，可我会挑选啊！比如你最喜欢吃的平菇是白色的，橙子要胖，肚脐要圆，猕猴桃要山里长的，香蕉要三四根就够了，多了就吃不完……"

她瞪大了眼睛，换做以前的麦锦明，他铁定记不住这些。

"快走吧，我出来时看了天气预报，程序算到你会跑出来找我，特意给你带了伞。"

⑤

每天清晨，睡眠枕准时把姚鹉叫醒，五花会把人造拿铁、全麦面包切片、坚果、蛋白和果蔬盘按照特定的颜色搭配送到她的床边。自从 Mai 来了以后，五花就很少亲自下厨了，这个银色的厨房机器人颇有些不满，它似乎认为 Mai 僭越了它的职责，在 Mai 让它递厨具的时候总是反应迟缓。

以往姚鹉醒来后，都是五花在一边放她喜欢的各种音乐和广播，一直持续了很多年，而如今——Mai 在不远处的落地窗前弹《春江花月夜》或《彝族舞曲》，这总让姚鹉想到王维弹《郁轮袍》，过去为生活奔波，麦锦明的琵琶早已生疏。五花默默退到一边，自动进入了待机状态。

"你也需要天天练习吗？"吃过饭后，她吞下每日必需的维生素和微量元素，还有抗哀的葡萄籽提取物，匆匆套上他给她精心搭配的裙装。

"对呀，如果不反复练习，我的触觉反馈会不灵敏的。虽说靠本能也能弹得纯熟，但是想要真正地把曲子弹好，是需要倾注感情的。"他帮她拉上后背的拉链，把脸靠在她耳边低语，"你的身体也是一样，如果长久不用心弹的话，也会生涩的。"

昨夜他把毛茸茸的头伏在她小腹，如袋食蚁兽伸出长舌寻找白蚁，想到此处，耳根一软。这个月底又要去注射雌激素了，今天还要加倍锻炼，如今丰盛的饮食已经让她的腰围水涨船高，她可不希望他看到她松垮的模样，毕竟存在于 Mai 记忆里的自己，还是鲜白的初恋。想到这里，她的胸口又有些发闷。

"今晚我踢完球去接你下班，然后咱们再一起去健身会馆。"在无人车上，他轻轻搂着她，怕弄皱了她的裙子。自从有了他之后，她就辞退了自己的私人教练，因为他能对她运动时的肌肉发力状况进行热感监测，从而保证她最大限度地不受伤害。她微微地点点头，斜倚在他身上闭上眼睛养神，就像抹上了奶油的蛋糕坯子在橱窗里旋转着那样幸福。

把 Mai 带回国以后，姚鹊就不怎么想麦锦明了。和麦锦明在一起时间久了，逐渐变得心跳不够，双方对彼此的厌倦就像他俩与日俱增的脂肪，连接吻也成了年终奖。后来她无意中发现，他在外面和几个年轻姑娘纠葛不清。她收拾东西从屋里搬走的时候，麦锦明站在一边冷笑，"你爱走不走，反正我是闹够了。自己也不照照镜子，如今谁还会喜欢上肚子跟甜甜圈似的你？"

每每想到这里，她都一股恨意上来，觉得麦锦明就是有毒的鸡肋，只会生耗着她消磨青春，更可悲的是，她看见黄油饼干的时候，依然会想起那个特意跑到苏格兰给她带 Walkers 的少年麦。她决定报复，首先从激活身体细胞开始，如炼狱一般的整形手术过后，她重新变得光滑圆润，之后她听从内心，飞去英国定制了一个高配版的麦锦明，他优秀有趣，且永远年轻。

⑥

月底，姚鹞注射完雌激素后，感到有些眩晕，瘫在了医院的椅子上。Mai 得知消息后立刻赶到医院接她，一路一反常态地不说话，到家后，他把她放在床上，走到阳台上关上门，从兜里摸出一包香烟。她看到他点烟，心中讶异，嘟囔道："什么时候学会的抽烟？"虽然隔着玻璃，但她知道他能听见。Mai 回头冲她笑笑，掐灭了烟，清理了一下口鼻的烟气，推开门走进来坐到她床边，"今天有个男人想跟你进行四维聊天，他跟我长得很像，不过比我老。他看见我后暴跳如雷，骂我是个'可悲的复制品'，要求我离开你。我拒绝后他威胁着要找人肢解我，还说不用为此承担任何法律责任，但我一点也不害怕。"

姚鹞心里一惊，麦锦明是怎么有她家号码的？她早就切断了和他的一切联系。正挣扎着想要坐起来，但 Mai 温和地摁下了她。

"你什么都不用说，我懂的。我悄悄用数据计算过你我的未来，你和麦锦明的结局是其中的一种。于是，我对他说，您砸碎我不要紧，我的数据芯片会永远在库，只要她喜欢，复制多少个我都可以。姚鹬爱的不过是以前那个让她感觉良好的自己，如果她愿意，我可以做她一辈子的魔镜，温柔体贴的情人和孜孜不倦的面首，直到我被回收利用。虽然我是您的复制品，但是在这一点上，先生，我比您强多了。"他抚摸着她的头发，语气平静。

姚鹬红了眼眶，她摸着他隆起的鼻梁，突然觉得他和麦锦明长得一点也不像。

Mai 叫五花送进来一个锡盒，他打开盖子，音乐响起，在他手的磁极指挥下，那些含有食用磁粒的黄油饼干们开始翩翩起舞，"哈哈亲爱的，我特意请来了一盒黄油小饼干给你跳《胡桃夹子》，我们排练了一下午呢。怎么样，棒不棒？"

姚鹬一眼就认出了勇敢的胡桃夹子，他挺着圆圆的巧克力肚子，显示出一种欧洲王子特有的神气，正在和抹茶味儿的小克拉拉跳柴可夫斯基的《花之圆舞曲》。"刚做完手术，我不能吃……"

"我只是想让你知道，在一起即使不幸，我也愿意重新来过，几回都可以。"

他扭过头来，用那双细眼睛凝望着她，声音由于信号的干扰，有些模糊，"没有你，或许我会成为一个韩国人或者日本人，吃着手握寿司或者泡菜饼，在清潭洞陪别人挑化妆品，或者在涩谷的情人旅馆里过夜，但我没有，因为你选择了我。我也不会介意你发胖变老，真的，姚鹬，我的出厂设定就是爱你，这无法更改。"

在欢快的弦乐和笛声中，他叼起一只士兵喂到她嘴里，姚鹬的心里酥得掉渣，连梵·高的星月夜都化成了黄油。

"不过抱歉啊宝贝，胡桃夹子的腿居然断了，还有一些饼干人也碎了，我记得下午排练的时候还是好好的呢，可能是我不小心吧。"Mai 皱着眉头看着盒子，爱美的他实在无法忍受独腿的锡兵。

"哎呀不要紧的。对了，Mai，回头给你改个名吧？"

救救我，救救我，麦锦明满脸都是刀伤，血肉模糊，四肢被折断了，正扭曲着一点点地爬向她，随着金属的焚烧味，鲜红的血不断地从他的胸口涌出来，流到她的脚下……

"啊！"姚鹬从噩梦中惊醒过来，一头冷汗，那股焚烧金属的呛人气息还没有散去，她看了眼窗边，Mai 不在那里，床边也没有早餐。一种不祥的预感袭来，她爬起来喊他的名字，却无人回应，她跑到客厅，那里也没有人。她又喊五花的名字，一声机器的轰鸣从厨房传来，她拔腿向厨房跑去。

首先映入眼帘的是 Mai 的背影，他面朝下倒在地上，心脏处被钻出了一个窟窿，流出淡褐色的液体，散发出难闻的气味，左胳膊上有几道很深的刀伤，露出蓝绿色交织的电线裂口，可以看得见碳架骨骼，右胳膊几乎被砍断，但还是竭力抓着一只小胡萝卜。他的头不见了，脖颈处是齐茬的电线，视线上移，案板上放着 Mai 的头，像对待一个西瓜，机器人五花冷静地举起了菜刀。

⑧

"五花，你为什么要杀害 Mai？根据阿西莫夫三大定律，机器人不得伤害人类，对不对？"

"滋……"机电刑警面前这个银色机器人发出尖利的噪音，虽然它的机械臂被拷住，但关节还在试图进行反向旋转，这会对它的性能造成严重的损害，但它看起来毫不在乎，好像在进行自我惩罚。

警察们捂住了耳朵，这种声音是机器人受严重的刺激后才会发出的低音波频。一个穿着黑色绝缘衣的年轻警察站起来，拿着电子麻醉枪抵住它的头，释放高压磁波迫使它进入睡眠，开始用程序开始对它进行数据审问。

"编号为 1874 的机器人，你为什么要杀了你的主人 Mai？"

他不是我的主人，我的主人是麦锦明。

"你知道机器人不得伤害人类对吧？"

他不是人。

警察们面面相觑，"但无论如何，仿生人拥有部分人权，你犯下了谋杀罪，你的动机是什么？"

沉默。

"你的行为给女主人姚鹋带来了极大的伤害，而这是你的核心规则里所不允许的。我们扫描发现，你在程序里把 Mai 设定成了食材，并打算用他的肢体做几道菜，用这种残忍又狡诈的手段来规避定律的监测，恐怕不是你这种厨卫机器人能想到的。我们怀疑，你只是在服从某个命令。"

持续沉默。

"如果你执意保持沉默，那么你将会被粉碎，且永远不得被回收利用，就算这样也没关系吗？"

还是沉默。

"1874 你这样的坚持没有任何意义，知道吗？我们调查发现，自从他们离婚后，你一直在偷偷给麦锦明发各种菜谱，传递姚鹬的私人动态，这已经侵犯到了她的隐私权，无论你怎样隐瞒，麦锦明终将会被审判。"

咯吱咯吱，五花又开始挥舞双臂。

"队长，它启动了强迫苏醒模式，正在执行格式化自毁程序。"年轻的警察迅速补了两枪，机器人五花又恢复了平静。

"没用的，1874，我们早已经把所有数据备份了，你保不了你的主人麦锦明了。"

屏幕上迅速出现了一堆乱码，那是机器绝望的哭嚎。

大马士革幻肢厂

夜从何榛的唇边擦过，黑方很明烈，让她想起了上个冬天在苏格兰高地的达尔摩酒厂那闷热的发酵舱内，麦芽发酵出令人窒息的糜气，金属器皿里就好像装满了死去的香蕉，又烈又腥，还有扑进喉咙的一丝甜，就如无望的爱人。一口威士忌下去，心里很平静，每次见涂悲欧，总如初恋。

何榛是在她表哥薛川开的大马士革幻肢厂见到的他。

薛川去叙利亚的时候，大马士革尚未支离破碎，老城里随处可见水果和甜品摊，街上背着银壶卖传统饮料的大爷，路边站着抽水烟的阿拉伯人，他遇到的每个人都是那么热情漂亮。天气炎热，走渴了就来一杯鲜榨果汁或红茶，饿了就吃一块火山蛋糕或小香肠，这些都让他对大马士革的回忆充满了质朴的甜蜜。

不料，他刚回国一年，叙利亚战争就爆发了，本以为政府军会很快控制局势，不料局势每况愈下。每每看到叙利亚难民和当地爆炸死伤的消息，他的烟都抽得很凶，他所去过的大马士革，竟然是最后的安乐图景，这让他难以接受。

叙利亚战争结束后，有许多因为战争和爆炸而变成残疾人的平民，为此，何榛家开的奥比克义肢公司半捐半卖地向中东地区出口了大量的假肢。而残疾人的幻肢疼痛也是一个重要问题，薛川想快速制造出一种能够治疗幻肢疼痛的电子产品，与义肢一起发往中东进行捆绑销售。于是他就开了一个叫"大马士革"的幻肢工厂，厂标是随手画的一支黑玫瑰。为此他几次回母校莱斯特大学进行医学合作谈判，很快就投入了前阶段试验。

那天薛川让何榛去厂子里拿一盒陈年普洱，她开车从五环一路北上，到黑山扈的大马士革幻肢厂时已是黄昏。天特冷，一下车人就僵了，何榛弓着身子咔嚓咔嚓地往厂里挪，到门口的时候，正巧碰上涂悲欧从楼梯上下来，个子很高，压着一顶渔夫帽，只身穿三角帆衬衫和破洞牛仔裤，看见她就眯起了眼睛。她到楼梯转弯处，掠见他在楼下风口发呆，背影薄如枫叶，只这一眼，似利刃入怀。

在二层走廊的尽头转弯，越过一座四面粤绣百鸟黑檀透雕屏风，再撩开一幡用腾冲翡翠珠和各色宝石粒串成的小门帘，看见薛川站在朝南的雕花落地窗边发呆，她稍喘匀了气，"哥！"

薛川听到声音回头看了她一眼，连忙把烟掐了，迅速推开窗户散烟，"来了？"

"您不是说戒烟了吗？这都复吸几回了，抽一口仨细胞癌变，您又不是不知道。"

"什么复吸，说得你哥跟飞四号一样。"

薛川白她一眼，走到西面的长墙处，墙上嵌着一整幅《明宪宗元宵行乐图》的立体纸雕，同实画尺寸等同，金箔卷底，红墙黄瓦，纷繁人物，各色杂耍，非常可爱。薛川把纸雕在中部的城门处分开，专门订了 AR 软丝玻璃把纸雕精心地罩起来，外钉两个水晶门扣，镶在墙里做一个机关柜门。他拉开门，从里面取出一个木盒子，放在她面前的茶案旁，"蛋卷儿，拿回去给姑父，一朋友送的，我给他留了一个。"

"大哥，这么冷的天，你叫我这么远跑过来恐怕不是为这个吧？"何榛瘫在沙发上直瞪眼，因为天生自来卷儿，所以薛川一直叫她蛋卷儿。

薛川走到她身边坐下，摁下烧水开关，"想喝什么茶？你晚上留下来吃饭，我这儿还真遇上事儿了。"

"珍珠奶茶。"

"焚琴煮鹤。"薛川嗤笑一声，起身从抽屉里拿了一套白瓷茶具，"你刚才上来，碰见一个大高个没有？"

"怎么了？要介绍给我？"

"别闹，那人早结婚了。"

何榛愣愣地看着薛川往烫好的杯子里放金骏眉，一时没言语。

"你们这些小姑娘，就爱喝些个新鲜的玩意儿，以至于不知道什么才是好茶。那人叫涂悲欧，是大马士革的生物实验工程师……"水开了，薛川摁了一下手腕装置的一个按钮，门帘处一道白门徐徐降落。他把沸水倒进茶杯里洗茶，听见门落地，又瞥了一眼，"但是我现在怀疑他有问题。"

那天晚上何榛和薛川他们一起去吃重庆火锅，薛川请了几个厂里的核心技术工程师，其中就有涂悲欧，他穿了一件深蓝的火柴人儿羽绒服，愈发显瘦，被薛川安排坐在她右边。席间，薛川介绍何榛，只说她是政府派来的调研监察人员，今后要对幻肢痛感的生物实验进行监测和把控，那几个穿格子衫的理工科博士点头过后，只顾着捞菜。

唯有涂悲欧对她微笑致意，"日后还请您多关照。"随即他往锅里下虾滑，这时候何榛才发现他的左手不仅没有毛孔，皮肤还散发着一种奇异平滑的粉色。

"我这是奥比克仿生手，小时候家里插座漏电，把之前那支给弄没了。"他见何榛盯着，便大方地举起手来给她看，在手腕与手掌的接缝处有一个黑色橡胶手环，印着她家的 Logo: A.H.。

"我改良了奥比克家的肌肉传感仪器，这样我胳膊只要发出移动信号，它就能指挥我的仿生手进行各种动作，这数字是它的运动参数。"

她有些尴尬，"不好意思，我不知道您……"

"没事儿，这也没耽误我长个儿，"他用左手拿筷子迅速给她夹了一条妖娆的宽粉放碟子里，"您看我这手多稳，一般人夹宽粉儿得掉锅里好几次。而且我这手也不怕疼，他们做动物实验的时候，怕猴儿又抓又咬，总让我去做。"

大家都笑，何榛也陪着笑，薛川趁机说："回头你带何老师去猴场看看，正好也互相熟悉熟悉。"

"没问题，正好我们马上开始新一轮的动物痛点测试，明天我就带何老师去猴场探风。"

何榛装作不经意地打量了他几眼，可能是因为他个儿高的原因，吃饭总像小孩儿一样蜷着，脸上有未刮净的胡茬，一点儿都不像三十多岁，倒像是高中生。

第二天见面更冷，她穿了防风羽绒服和一双登山鞋，围了一条结实的羊毛围巾，车里的暖风开到25度，按照涂悲欧发的位置导航到了西山附近的大马士革动物实验场。试验场东面是一个驴肉馆子，那里不时地传来高亢的杀驴叫，猴子们起初被吓得缩成一堆儿，后来都麻木了。驴肉馆子的南面是一片沉默萧索的白桦林，白桦林的东边是一所私立中学，里面的学生听到驴临死前的惨叫会笑。

路过那所红砖白顶的学校，穿过高大安静的白桦林，在林荫路的尽头右转，她看到一家餐馆写着"全驴宴——天上龙肉，地下驴肉"，突然就想到了莫言写过一群待宰杀的年轻毛驴，面容俊俏，肌肉发达，它们整齐地排队前行，每一只都很害怕被挤出去。不一会儿，她就到达了实验场，大绿铁门上挂着白色的门牌，上有一支黑玫瑰。

实验场的院儿很宽敞，她从车上下来，看到了三座独立的蓝顶白墙的简易房，那里面一共有八个猴舍和一间办公室，一个猴舍里大概20只猴，总共有160只。涂悲欧把她引进最右边的一间，屋里很暖和，地上还铺着白瓷砖，一股尿骚味儿从里间传来，她听见猴子打闹的呼呼声，想立刻走进屋子去一探究竟，但是又忍住了。

涂悲欧给她找了面部护具、棉手套、白大褂和绿靴子，然后坐下来和她一起换鞋。她把鞋费劲地扯下来，印着小寿司的袜子也被带脱，飘落在地，"哎！"话音未落，她的袜子就被他的左手拾起来了，撩起的风掠过她的脚，心里一紧，他把袜子搭到她膝上，"你脚真小。"

她脸一热，匆匆套了袜子。

涂悲欧带着何榛走进第一间猴子宿舍。猴子们都住在电子锁的不锈钢笼子里，大多缺胳膊少腿，看见进来了一个陌生人，它们一下子都警惕起来，在笼子里上蹿下跳，细微的灰尘和金色的毛儿从笼的缝隙里扑出来，一股浓烈的腥臊味儿传来，隔着护具，她还是被熏得有些喘不过气。

涂悲欧站在不远处的实验台上开始消毒，一边调试痛点实验仪器，一边给她介绍，他需要反复地对它们的缺失部位进行刺激，观察疼痛信号的神经传输过程，并记录下它们的疼痛参数进行分析。治疗幻痛的产品生产出来以后，还要进行多次临床试验，最后才能召集残疾人志愿者来进行人体测试。

看着他的背影，她突然感到可笑，这些旧大陆猴看到这个高大的灵长类近亲会想些什么呢，大概在它们眼里，戴着口罩的涂悲欧就像王尔德童话里的巨人一样可怕。

"这猴怎么好多是残疾的？"她嗡嗡地问。

"这些猴子路子野，河南捕猴的好多是拿铁夹子给夹的，还有装麻袋里给打断的，你也知道，做幻肢实验，不能有完整的。"

实验仪器一响，猴群又开始躁动不安了，戴着口罩的涂悲欧回过头来对何榛笑了笑，"我给你钥匙，麻烦从你身后我的柜子里拿一袋糖出来。"

她打开柜子，发现里面有一袋混装的水果糖、奶糖和话梅糖，"这就是你制服猴群的秘密武器吗？"

"不能说是制服，是哄骗。"他走到她身边接过糖，"来一颗吗？"

"我爱吃奶糖。"

"那你拿几颗，一会儿出去吃，这里味儿太大了。"他用左手在一包糖里精确地抓了三颗奶糖放在她手心，然后把糖在笼前又晃又敲，猴群见到糖又发出"嘀嘀"的欢呼声，都伸手出来抓。涂悲欧温柔又耐心，"大家不要着急，我看看哪只小猴儿最积极！哟，六一儿最积极！走你！"

说时迟，那时快，他迅速地用手环在笼锁处扫了一下，门一开，抓着那只脸最红的猴子后脖颈就把它拎了出来，猴子一出来就冲他呲牙。他锁上门，走到实验台前把猴子大力摁在实验小床上，何榛跟着他走到他身边，看着他麻利地固定住猴子的头部、双脚、右手和左残臂，它的脖子上套着一个编号为DAM14的金属吊牌。六一被固定在案板上，全身都在抖，眉头紧拧着，眼睛因为愤怒不停地转，两只耳朵因为害怕向后贴，一与何榛对视它就呲牙，何榛被它吓得后退两步。

"别害怕，别害怕。"

涂悲欧往它嘴里塞了一颗草莓糖，轻轻地把它紧贴着臀部的尾巴固定住，随即给它用一旁的卫生湿巾擦了擦屁股，六一尝到了甜味儿，安静了些许。

"你还给实验对象起名字了？"

"六一儿啊？他是这笼的老大，和我一样少了左手，我觉得投缘就瞎起的。擒猴先擒王，剩下的就都没脾气了。"说着，他就给六一戴上了一顶脑电波检测小帽，在它身上涂上导电膏插上吸盘，最后又在它的四肢上夹上夹子，"小榛，你戴上隔音耳罩，咱们准备开始。"

猴子的痛点实验分为，O度，Ⅰ度，Ⅱ度，Ⅲ度，Ⅳ度几个等级。Ⅱ度的灯亮起，六一的脸开始扭曲变形，像极了蒙克的呐喊，高亢的尖叫让她不由得背过身去，紧紧捂住耳罩，心脏狂跳，鼻子被激得有点酸。片刻，她微微回过身，看见涂悲欧十分平静，他一边记录着液晶板上的数据，一边变换着模拟神经刺激模块。

花了一上午，终于把这一屋里的二十只猴子折腾完了，涂悲欧给每只猴子都发了苹果，猴子们做完实验都臊眉耷眼地瘫在笼子里。涂悲欧收拾妥当锁上门，开一辆黑吉普带何榛去最近的商业区吃饭。上车以后她又听见了对面的杀驴声，窝在座位上叹了一口气。

"你一小姑娘，怎么想着来做监测动物实验呢？你是第一次吧？"

她剥开一块糖，塞进嘴里，"都得有第一次嘛，你做实验的时候不害怕吗？"

"害怕倒不至于，毕竟和人相比，他们都像儿童。"

"那你还下得去手？"

"其实可以用其他动物的……"涂悲欧欲言又止。

"那为什么不用？现在不是有可供实验的仿生兔子吗？"

"我们曾经也向薛总提议过，但是他坚持要用灵长类动物进行实验，一方面可以控制成本，一方面实验结果也更为可靠，上市报批都会更快一些。"

何榛想起自己的表哥，那么喜欢老物件儿，还着急对外出口，有这样的要求也不足为奇，"那你喜欢你的工作吗？"

这个细眼睛的男人面色戚然，"那你喜欢你的工作吗？"

"这么复古的活体生物实验我还是第一次遇见，其他的还好。"

"其实我因为这仿生手的缘故一直找不到工作，哪怕我解释过这手不影响实验工作，还是没有公司愿意相信我。直到遇到大马士革幻肢厂，薛总一看到我的情况立刻就录用我了，我想他也是为了日后好找志愿者吧，呵呵……"

"哦……"何榛有些尴尬。

"所以你说喜欢不喜欢的，实际上我没得选。当我看见那些猴儿痛苦的样子，就好像又经历了一遍截肢……"他眼眶有点红，没有继续再说下去。

傍晚，何榛就接到了薛川的电话："蛋卷儿，你那儿怎么样？"

"哥，我待不下去了，那猴子实验吓死我了。"

"坚持坚持，没事儿，咱们又不杀它们，你怕什么！"她听到薛川那边女孩儿的笑声。

"这么折腾它们比杀了它们还要命，你这样和大马士革那帮暴徒有区别吗？"

"你别瞎说了，况且我也没折磨过它们，不都是涂悲欧他们干的吗？"薛川波澜不惊。

后来涂悲欧做实验的时候，何榛都在办公室待着，或者站在院子里抽电子烟，透过简易房的窗口看他拎着一只又一只的猴子来回忙碌。不知为什么，猴子们越来越懒，总恹恹地赖在笼子里，打架次数也越来越少了，涂悲欧说是因为冬天见不到太阳，缺钙导致的骨头发软，为此他批发了墨鱼骨磨成粉拌在它们的饲料里，但是因为雾霾严重，收效甚微。他做实验的时候，从来不看他的实验对象，而是紧盯屏幕，有时候也会看着她发呆。

每次她碰到他的目光，就微微笑，心跳得很快。口罩下，他的表情不清楚，但她觉得他也在笑。涂悲欧出来歇息的时候会把她嘴上的烟拿掉，再喂她一块儿糖，"别老抽烟，对身体不好。"

"我又不是猴儿，这电子烟没事儿。"

"你和我们薛总一样，一闷就抽烟。"他把她的烟含在嘴里，"电子烟里也有尼古丁和亚硝胺，还是少碰为妙。"

她只到他的胸口处，总是不自觉地往他身上贴，他们什么都没说，但彼此心知肚明。在猴子们日复一日令人哀怜的尖叫声中，他觉得她是大马士革实验场里最美好的东西，他是猴们的糖，而她是他的糖。

有时候糖吃多了，困意上来，她就在办公室的床上睡觉，醒来有时候会看见他站在门口盯着她看，就像看笼子里的猴儿。

为什么不进来？他指指自己的左手，说凑近她容易心跳过快，而仿生手上有传感器，他的窦性心律会实时传送到他媳妇儿那儿，晚上回家不好交代。

随着实验的深入，猴子的状态越来越不好，它们对痛感的反应不再那么敏锐，有些猴子即使调到Ⅳ度，反应也很麻木，脑电波记录的数值显示它们的疼痛阈值正在上升，这意味着它们对疼痛的耐受度正在增强。

何榛对此提出了疑问，涂悲欧告诉她如果反复刺激截肢部位，那么大脑就会分泌大量的内啡肽来麻痹神经，肌体对疼痛的耐受度会增高，这叫以毒攻毒。比如说他最初装上奥比克仿生手的时候，细微的电波刺激着他的残腕，那感觉真是万箭穿心，因为它是实质的、不能摆脱的疼痛，比幻肢所带来的疼痛更甚，但是逐渐的，他就适应了这种疼痛，甚至产生了一种病态的依恋，似乎没有这种疼痛就感受不到自己的仿生手一样。

"要不你也试试？"涂悲欧似笑非笑地看着她，何榛还没有反应过来，他就抓住了她的手，她吓了一跳想把手抽走，可他攥得很紧，手掌冰凉，毫无生机。

"你放开我，我不想试！"何榛有些急了。

他不由分说地摁住她的手，给她的手上涂上冰凉的导电膏，夹上了夹子，何榛不由得吸了一口气，他抬头笑笑，"信我一次，咱们轻轻的。"随即他打开电极，把指针调到了0度，手指末梢传来了一阵刺痛，她不由得快速抽回了手。

"真像只小白兔儿。"他再次去抓她的手，她下意识地往后退。他突然揽住她的腰，她不由得瞪大了眼睛，他用左手轻轻地捏住她的下巴，并抚摸她的脸颊，一股诡异的机械感侵入她的面部肌肉和骨骼，在猴子们的骚动声中，她还是听见了细密的电流声，头皮微微发麻。他逐渐地开始用力，她动弹不得，只感觉他的手浸没了自己的脸，揉着她的颧骨和颞骨。

她正欲呼喊之际，他突然松开手，从兜里掏出两块水果糖，一块苹果味儿的，一块草莓味儿的。他把绿色的苹果糖往自己嘴里一塞，有的猴子听到塑料纸的声音，开始闹，他也不搭理，把另一个糖纸也剥了，也放进嘴里，含糊地叫："小榛！"

何榛条件反射地抬起头，他俯下身来，捧住她的脸，把草莓糖送进了她的口中，他的嘴唇柔软，舌尖温热，两颗糖在跳舞，唇齿共鸣。

她知道问题在哪儿了。

那天之后何榛就接到了局里的一个外派任务，离开了半个月。不知道为什么从那天起她总是昏昏欲睡，浑身乏力，电子医生也查不出来是什么毛病。涂悲欧没有再联系她，但她总会想起他，想起那个在猴骚味儿中发生的吻。

每当她想他的时候，就吃一块大白兔，听听民乐，随便喝点什么酒然后蒙头睡去。

这晚刚回北京，还未卸妆，她先给自己倒了一杯黑方兑冰，刚喝了一口，涂悲欧的脸又浮上心坎儿，比初恋还朦胧。这时候，门外突然有人敲门。她走到镜子面前胡乱整理了一下她那头自来卷儿去开门，薛川提着一堆水果站在门口。

"不入虎穴焉得虎子，这次多亏了我的妹妹，不然我也抓不住这孙子。"

何榛睁大了眯成缝儿的眼睛，看着薛川掏出一个小塑料纸袋，里面是一块水果糖。

"经过化验，这糖果然有问题。那小子他妈往糖里搁抗惊厥的药了，那帮猴儿老吃糖导致感觉都不灵敏了，我说怎么他测出来的数据总和别人不一样呢。"

"除了药理作用带来的痛觉减弱，他还深谙巴甫洛夫的条件反射，猴子们知道只要一上台就有好吃的，便会立刻减少恐惧，在日复一日的疼痛中变得麻木。这种疼痛所带来的甜蜜，想想还真是有些微妙。"同为灵长类动物，我也没能逃过。何榛把这句话咽进了肚子。

"可是说呢，丫不仅干扰实验结果，还白烧我那么多经费，他是想存心搞垮我。前天局里来信儿，说有人告我虐待动物，不知道是不是那小子搜集证据弄的。时间又紧，我没法儿再去抓一批新猴儿了，只能用仿生兔子了。"薛川倚在沙发上，把糖往茶几上一甩。

"那你打算怎么办？"何榛克制住笑意，站起来去给他倒水。

"你哥我宅心仁厚，不打算弄他。一方面是看他不容易，另一方面是怕他存心报复，结果一出我就让他滚蛋了。"

何榛把水递给他，然后躺在沙发上，闭上眼睛不再搭腔。

"吃水果吗？想吃什么哥给你削。我特意买了好多你最爱吃的热带水果……"

残留在舌根的威士忌让她头脑发胀，"那帮猴儿怎么办呢？"

过了几天，她突然接到了涂悲欧的简讯，他约她去咖啡厅聊天。她犹疑了一会儿，答应了。她做了面膜，仔细化了妆，涂了绛粉的口红，带着一个小包就出门了。

进咖啡厅之前，她在窗外看见了他的侧影，仍旧是压着那顶渔夫帽，穿着深蓝的羽绒服，没有刮胡子，似乎更瘦了，旁若无人地摆弄着他的左手。玻璃还映出她背后的街道，光洁如婴。

他看着她走进来，对她微笑，问她想喝什么，她说她要双份浓缩，他又说："喝拿铁吧，牛奶含量高，不伤胃。"她便依了他。

"怪我吗？"她喝了一口拿铁，小心地问。

他依旧笑笑，摇了摇头，把一个塑料盒子推到她面前，她打开以后发现里面是一只仿生猴爪。

"我媳妇儿在兽医院当医生，这是我托兽医整形师专门为六一定制的仿生假肢，你能不能偷偷把它接出来，送到兽医院？"

"托你的福，前天薛川把它们都卖了。"她盯着他那张憔悴的脸，装作毫不在意。

"卖哪儿了？"他始料不及，眼神黯下来。

"我买了，那帮猴子现在在我家开的奥比克义肢厂，给医生做动物模型，经过精确测量后，它们都会被装上假肢。"她喝了一大口咖啡，心率加快，感觉敏锐，"怎么样？这下你放心了吧？立春来我这儿上班吗？"

一　孤花零落之山

如果把一枝玫瑰抛入黄河，想想吧，它一定会看到渤海的。无论在这途中它遭遇了什么，它在被抛入的那一刻就已经不朽了。它将在水流的咆哮和低吟之中，永恒地瞥见盛开的，破碎的，波光粼粼的自己，即使它面目模糊，枝残叶败，或是溶于河泥，和各色垃圾纠缠不清，它也终将到达渤海湾。它被抛入河水的那一刻就被钉住了。

　　有人说，时间是棵静止的树，静静地看着我们这些小人儿攀爬，摔倒，转圈，蒸发，而它却始终站在原地。但玫瑰被抛入水的那一刻就不朽了，存在的将永远存在，被一些人、动物、植物、微生物、山川、湖泊、星辰、海洋、龙卷风、地震、卫星，甚至悄悄窥视地球的地外文明的小接收器们永远铭记。

　　只要想到这点，零画就没有任何遗憾，这个维度的世界实在是不完美，不过好在一切的缺憾都可以用思维的触角去捕捉，把曾经不满意的事情重新进行设计和编码。太多重要，无可逆转，永远遗失的时刻，需要被改变。不同的空间里，她试图拉开思维之弓，去射穿一切旧的可能，现实太无能了。她想打通那些封闭的脉络，让自己不再后悔。或者说，她想尝试每一种不同的可能和走向，看看意识终将流向何方。

"可是你的思维太稠了，我们没有那么多的榛子加速器来供它们愉快地飞向它们想去的地方。"意学松鼠会①的权威——年过两岁的松鼠果仁儿拿两爪洗了几把它英俊的灰毛脸，一本正经地用天真的黑瞳仁满满地看着零画。

"怎么办怎么办，当我试图驱赶它们去往那些紧闭的大门的时候，它们总是走到一半就再也不走了。我斥责，辱骂，好话说尽，它们只浑然不觉，就躺在大脑的沟壑中，再多的多巴胺在它们面前跳脱衣舞也只当自己是二十年前就进宫的大太监，连眼皮都不抬一下。真是牵着不走，打着倒退！"零画声大起来，气恼地瞪着天空。

"你瞧，零画，我们都是很难去想象不同结局的，因为大脑不愿再受二次折磨。人是这样，松鼠也是这样。大部分松鼠已经忘记了自己在东北森林里的母亲，却把人当成了真正的大树。你看，我就从来不愿意去爬那些木头，因为它们只会提醒我当初被掏出来的痛苦。再说了，你胳膊上的肉比木头更舒服，唯一的缺点就是太光滑老容易掉下去。"

---

①森林意识漂流研究会的简称。

"你每次都快抓死我了！那怎么办？"

"我可以帮你一次，但仅限一个门。剩下的，你去找狐狸和猫吧，它们在追捕我们的时候，往往会放出一种神秘的气息，这种味儿时常让我瞳孔放大，血液加速，那时候过去的回忆都会在我眼前一一闪过，在那时你可以从那些紧闭的场景门里挑一扇，飞快地撞开……"

"果仁儿，这得同是犬科或猫科的狼或老虎才能对我产生效果，而且我有性命之虞。"

"不见松油，无成琥珀。"

"好了，快告诉我你的法子。"

"三十颗巴达木，一次结清。"

"成交。"

这时候零画家的花猫冲进了屋子，果仁儿"咕"的一声从零画的手里蹿出来，同时狠狠地咬了她一口。

"快跑！"它喊。

钻心的疼痛，零画泪眼模糊，于黑色眩晕里，她看见了一辆直冲她来的绿皮列车，咣当咣当，萤火虫簇拥，遍生磷光。车厢上还有黑黄相间的横条，有些门开着，传来往日嬉笑，有些门紧闭，缠满爬山虎。来不及思考，她纵身一跳，抓住了其中一个深蓝的把柄，想都没想就推门进去了。嗯，和英国的那些门一样重。

有枝玫瑰从车厢的门缝里掉了下来。我睁开眼睛，他正拿目光抚摸我，看得我乍暖还寒，于是我报以机械性的微笑。这个人的眼睛真奇怪，像两条河，一条是恒河，一条是雅鲁藏布江。一只藏污纳垢仍然生机勃勃，一只心高气傲又纯净无瑕。

他说，"小画儿，你过来。"

此时真奇异，因为我根本记不得自己身处何方，又为何至此，直到他身体前倾，把那好看的头颅凑过来，有股淡淡的酒气，"你怎么去了这么久啊？"

我有些紧张，"咱们在哪儿这是？"

"真是沉醉不知归处啊，零画儿。"他半闭着眼睛，"我们在1987年的慕尼黑中央车站对面的披萨店外，刚刚点了两杯啤酒，一个披萨，还没喝你就要去走肾。"

"真是胡扯，骆之山，"我望向周遭，"1987年我还没出生。"

这明明是摩登时代，我的面前是一个大木桌子，上摆着苹果电脑和一盘葡萄，苹果电脑里正放着小约翰·施特劳斯，旁边是一个石膏的贝多芬半身像，被我用报纸包得脸都蹭黑了。我低头，我们正光脚踩在瓷砖地上，这肯定是维也纳了。摩登时代，2015，骆之山在维也纳歌剧院对面的中国人开的日本餐馆里打工，闲时去多瑙河旁跑步，会说德语，还在那个日餐自助里学会了包卷饭。我想起来了，他刚刚陪我去了金色大厅听了一场音乐会，就像所有游客都会做的那样。金色大厅比我爸每年一月一号在电视上看到的要小，几乎每每周四都坐满了黑头发的亚洲人和少数白人。那里的金漆不如影像鲜艳，如裹焦糖色丝绸，现出岁月的稳重和雅致。宫廷服饰的乐师们沉默，手中的乐器喧嚣。池子里有点缺氧，悄悄打哈欠的人们在期待什么呢？也许是耳熟能详的《蓝色多瑙河》和《拉德斯基进行曲》。

我和骆之山也是一样，虽然我看见他的时候心就开始痒，就像春天的土被小苗儿轻咬一口那种痒，这导致我都没敢正眼看他。他的眼睛是会流动的黑白胶片，被切开的山洞口，溪水潺潺，潮湿动人。我在里面看到自己，万花筒一样的自己，纯洁的，温柔的，孟浪的，娇痴的，忧郁的，多疑的，年少的，天真的，他期望的又不诉诸四野的我。我可以在他的目光里扎下去游泳而不担心溺水，可以一圈又一圈地滑冰而不担心摔屁蹲儿，他包容一切，牢牢将我囚于他手掌，不容脱逃。

那天回来的路上维也纳下了大雨，我们冲进地铁的时候看见一个流浪汉在地铁右边的台子上自慰。他立刻把伞转过去遮住，然后搂着我若无其事地走了。我说那大哥真不嫌冷，还露半个屁股在外面呢，他笑笑，"那样就不冷了。"

见山开路，遇水搭桥，在他之前，我从来没有过不去的坎儿。可我的初恋情人骆之山，他回过头只一瞥，就能让我魂飞魄散。漂亮的中国男孩儿，他有一双东方的细眼睛，饱含山水和雾气，时而婉啼时而静默，它们贴在他清秀瘦长的面皮上就像谁用笔描的。他真应该一席长衫往画里去，站在船头或是在山里数梅花，反正怎样都好，只要我一卷画，他必随我到天涯。

"你是不是喝多了？"他给我倒了一杯茶，推到我面前。

我感到紧张，我全身的毛孔都在收缩，我说："之山，咱们是在哪儿？"

"维也纳，画儿，"他忽然睁大眼睛，脉脉含情，"怎么去了趟洗手间，你好像什么都忘了？"说罢他挪挪椅子，离我更近了一些，登时我半个身子动不了了。

我又见到了他，这个只要一出现就让我浑身酥麻的男孩儿，我没法抗拒。他一颗一颗地喂我提子吃，我盯着电脑什么都干不成，我曾经最喜欢的那个男孩儿，惨绿少女的唯一亮光，此刻就坐在我的右边，可我什么也不敢做。然而如今我后悔了。我想和他接吻，让他抚摸我，用目光用手指用嘴唇用牙齿用舌头甚至用睫毛，和我做爱。他的每一粒细胞每一片碎屑每一滴液体我都想要，可惜它们从来没经过我的皮肤我的口舌我的宫殿走廊，没来得及完成的事情总是让我万分着迷。我没法抗拒这种诱惑，他是我的少年梦想。哪怕我知道我早已和他分道扬镳，如今我俩心各一方，可是见到他我仍无法拒绝。

　　我去投奔他的时候正是我最落魄的时候，毕业在即，而我那满头棕卷儿穿着蓝色匡威彩色袜子的英国导师又去了塞浦路斯他老丈人家，宿舍到期了我只能带着论文在欧洲流浪。从柏林去慕尼黑的那天，我喝了四杯咖啡还错过了下午五点的大巴，重新买票只有凌晨到慕尼黑的车，一路上我无法入睡，只好在车上的小桌板上写论文一直到四点，一夜未眠导致我心脏像住进了一窝马蜂。所有的行程票都买了，我不能耽搁。我是被拧紧了弦的发条小人儿，只能敲着铁皮鼓不停地向东欧前进，去见我的初恋。而与此同时，叙利亚的难民是坚定的锡兵，他们一路不停地向西欧前进，只是为了活着。后来我到匈牙利了才知道，布达佩斯的火车站已挤满了叙利亚的难民，所有匈牙利通往西欧的交通全部封锁，只能向东，不能往西。"兄弟们！我们要守住欧洲文明的最后一扇大门！"防暴警察们在广场上宣誓。新仇旧恨。

　　安拉和孔子在拍贴画儿，我游荡在光鲜和平的贴画正面，汗津津的难民挤压在粗糙的背面。上帝不动声色地看着一面七角怪棱镜。那时候，隔着匈牙利，他能透视一个残酷无情的历史瞬间，无论是求生还是求爱，都模糊不清，荒诞如戏。

到奥地利不过匆匆三天，与之山的一面不过也是一面。在那之前一个月我费尽周折联系上他，他说你来吧，你来我就住沙发。

如今我再看他，还年轻呢，眼皮未下垂，法令纹还不深，沉默又迷人，他看着我，黑眼珠仿佛水中鱼。又一颗葡萄过后，他试图把我的脸掰到右边，可我僵持着不动。他轻轻叹了口气，漂亮的薄嘴唇，野玫瑰花瓣儿，柔软温润的吻，柳絮飘荡。

我转过头，我想说："嘿，我们不能这样，你是我的幻觉。这只是我的一个梦。"

我清楚地知道，骆之山早已经心有所属，而我也置于金丝笼里，这是不更的事实，可在这个空间里，我应该越过藩篱，去他妈的道德。我在我的意识里面游走，星辰就像梵·高的画儿那样流淌，我任意拿捏着这些时刻，童年随意踩躏橡皮泥。

我觉得我没有犯罪，我已经结婚了，可我没有犯罪。我在现实中守着我的丈夫，那个只知道忙工作没有丝毫情趣的男人，甚至在那方面，他也不能尽如人意。他粗暴又野蛮，总是带着一种居高临下的神气把我推倒在床上，没有接吻，更别提前戏了。捣蒜泥一样的开始，捣蒜泥一样的结束。

每当这个时候，我总是会想起之山，在白愣愣的少女时代，他就懂得如何用眼睛引我上钩，在我未谙人事的时候。

"十几年来像刚才一样的凶横，把我渐渐地磨成了石头样的死人。你突然从家乡出来，是你，是你把我引到一条母亲不像母亲、情妇不像情妇的路上去。是你引诱我的！"

高中时，骆之山曾看过我演蘩漪，那个少女在台上大声斥责周萍是他引诱了自己。女孩身上的劣质旗袍竟然开到了大腿高处，内裤边缘，若隐若现。他心惊胆战地看着那个对此毫不知情的女孩在歇斯底里的角色里爆炸，她的白肉在舞台的灯光下像水银柱一样油。他喉头发紧，心狂跳不止，他看到她慢慢地消失，水银被悲伤打碎成珠儿，慢慢地滚进他脑袋里的沟壑里，把那份记忆永远地锁在里面就像保护着秦始皇的棺材。他紧盯着她，下身发直，"我靠，这衣服怎么回事儿，老师不管啊。"

从那以后，他常常隔着教室的玻璃偷偷看那女孩儿，带着一种蜜蜂嗅蜜的热情，用他的黑眼珠儿看她，像周萍勾引蘩漪那样勾引她，把漂亮无比的情书写在高考模拟卷子上，悄悄放进她抽屉里。他有一双具有爱情天赋的眼睛，这双眼睛总能把女孩儿在想象中扒个精光，可他彬彬有礼，以守为攻，那个暑假走在路上，他们甚至避免拉手。害羞如此。

可是他说："零画儿，我们在倒退。世间几乎所有东西都是向前进的，你比我更清楚，可是你又回来找我了。我们没有选择，我们只能倒退，没有别的出路。"

零画一惊，胸口到小腹一阵悸动，骨里似乎有万千蚂蚁在翻滚厮杀，她怔怔地看着眼前这个男孩儿，她的阿尔卑斯，她的阿喀基琉斯，她的俄狄浦斯。她张开嘴，接住他的吻。一滴蜜从蜂巢边落下，而树下小狗扬起头，鼻子呼出热气，伸出舌头，恰巧接住了它。他的吻至若无物，从八个方向赶来，把她柔密地封印，置于两人的幻忆暗格，绝对安全。和他做爱这件事，预谋了这么多年，想过一万次被抓住的场景，如今，她的心就像冬季的尼斯湖水面，非常平静，折磨她多年的水怪一家已经去了大西洋过冬，她再也不用担心它们突然袭击。这是一个只有他们才存在的世界，意识流只够塑造出她眼前的这个人，别的一切都不存在。

她把自己胸前的两个漂亮的银质纽扣打开，随即她像水流一样倾泻下来，像一幅画一样毫无惧色地展示自己的脖子，乳房，小腹，三角区。她的身体透明发亮，倒映出一个微笑的、懒洋洋的、眉清目秀的高个男孩儿。他把手放在她的腰部，轻轻地分开她的腿，盖了上去。

没有痛苦，像融化成黄油的老虎，像在漆面上点水的蜻蜓，又痛又喜，谁也没法逃，谁也没法躲，他们没有重量，没有压着头发的烦恼和怀孕的风险。两辆高速行驶的骨肉列车在量子域里不断地重复地相撞，极速相撞，阴户内的触角互糅，粒子才能捕听的欢闹，鲤鱼打挺，鹞子翻身。无限的快慰，旋转的快乐，恰在那甜蜜凸点，无限放大，温柔膨胀，有点酸，吃西瓜的时候加点盐，过瘾。他的触手变成了一只微型海葵，盈盈充水的锥形生物，继而体部环肌收缩，使沾满星浪的身体变高，抓住她，喂她吃水中月，手指浸没她的呻吟，煮她细嫩的骨髓，吸吮玫瑰的唇珠，舌尖湿润，拨动烤炙，吻她至潮涌，九浅一深，诱敌出洞。骨肉不存，皮影交叠。

"丢了，丢了！"几百年前，李渔笑眯眯地写，这句话在盘旋。

乳房摇晃，奔跑的切达奶酪，初雪梅花开，汗里沁出隐隐的香味儿，达利的浪荡画儿。百扇春宫千张纸，每种姿态都婉转，海鲜饭上张开双壳的花蛤，外焦里嫩，丰美可口。他是浪迹多年的采花大盗，于爆裂中采蜜，是被困于下的绝望矿工，在岩洞里凿光。将要昏厥之际，图穷匕首见，一方绕柱盘旋，一方追赶行刺。他还嫌马匹太慢，筋蹄疲软，距云端尚遥，狠鞭马臀，急欲狂行。草原君主勒住他的野马，以吻做缰，让她撒欢儿跳跃，像猫一样娇腻地打滚儿，他一言不发，喘息都无，风融玉露。她头昏脑胀，不知魏晋，暗愿他自此长驻，化成一个带舌的肉杵儿。一阵阵的热浪，直涌心房，他终化圣光，射穿子宫。她把他砸印于零散的理智，以肉忆风情，只想复制一万份，日后慢慢享用。只听一声叹息，她合上了自己。今宵剩把银釭照，犹恐相逢是梦中。

蛤蜊张口含住了一颗它最中意的沙子，珍珠色梦。

零画想把猫赶出屋子，但是猫狡猾地避开了她的追捕，从她胯下溜到了窗帘下面，盯着松鼠，零画再捉，猫再躲，费了九牛二虎之力后，她终于把猫拎出去关上了门。猫立刻发出了不满的"喵～呜"，零画一耸肩，就去冲手包扎去了。她的手指肿得很高，又疼又痒，口子很深，松鼠情急之下咬了她三口。她很无奈，又得去 301 医院打狂犬疫苗了，真烦。

骆之山是不可复制的，直到今天她都在想他，简直无可救药。那扇门是假的，她一边冲手，一边想，事实上骆之山从未去过维也纳，更不要提出国，虽然他是一个流浪儿。早年父母离异，他被父亲带来北京投奔祖父母，可他奶奶有抑郁症，总和他家人吵架甚至挥刀相向，他那时还小，常常沦为出气筒。这使得骆之山颧骨高耸，皮肉单薄，从小营养不良，待他上唇稍稍有了些绒毛，他又像极了一个严肃的日本人。这种情况持续到他能逃跑为止，高考结束，他每天揣着二十五块钱和零画出去玩，两个人去故宫去动物园去东单游泳。好景不长，暑假一结束，他就去巴蜀上学了。

盆地阴雨，然他痴迷于零画，总是在纸上跟随着她，她也倾心于他。他们时而交颈许诺，时而唇枪舌剑。他们的灵魂发散成丝穿过西安互相缠绕，在深夜透过手机屏幕发出蓝绿色的荧光。他们用文字脉脉相望，他的小楷俊逸如鲍参军，孤独又潮湿，每个字都有他黑眼睛的美丽热情。骆之山学应用物理，会做小收音机，给她用毛边纸抄了几十页竹林七贤和中国早期理论物理相关的故事。

他说小画儿小画儿求求你别再离开我啦自从认识了你之后我已经无数次地感受到了分离的痛苦。他用多米诺骨牌堆出愿景给她搭了一座魔方大厦，最后他不堪重负，他丢盔弃甲，落荒而逃。他们本来决定在那个暑假做爱，在壶口瀑布边，但未能实现。"和他做爱"是一块从未被撕开包装的糖，她永远希望品尝。他把这个欲望彻底传染给了她。病入膏肓。

很多年以前，她经常和他在小树林里逛游，两个人就在清脆的月光下接吻，那时候的月亮真好看，不像她后来在英国看到的黄铜月，仿佛下一秒女巫就要散出诅咒。那时候树林有夏天也有冬天，他背向月光，脸是黑的，夜行刺客般认真又严肃地亲她。可是他的吻是什么样的，她早忘得一干二净。只有他的肉欲留在了那片土里，他站在那儿，总是想带她去那个未曾到达的地方，可她害怕。她提着裙子，小心翼翼避开周围的刺柏，被它们扎一下冬天生疼，夏天辣疼。不仅如此它们还要跟着她的衣服走，要迫不及待地向她的父母出卖她的行踪。于是她进门前总是认真摘掉刺柏针，拍掉身上的灰，再拽下缠在裤腿和鞋上的刺刺草。

有一夜他试图把她放倒在地，不如我们就趁今夜了结，她的恐惧徒生，大声抗议，最终不了了之。他或许也不能忘记从门缝间瞥见少女的裸体，朝气蓬勃，裙子落在地上，她转向他，未曾受过任何摧残，刚被挖出土，还没有失去双臂的维纳斯。

"好看吗？"

"美丽。"

猫咪在她的脚边臊眉搭眼地用尾巴扫她的腿，她一把捉住它把它抱在怀里，开始揉捏它。猫咪不满，"你大概是有求于我，我想，喵喵的。"

"我想回去找骆之山，再看他一次。"

猫咪狐疑地看着她，正午此刻它的瞳仁缩成了两条精明的竖线，让零画怀疑它眼睛是不是贴上的。

"猫咪猫咪，松鼠说你有办法让我的意识倒流。它的榛子加速器也不够我折腾的。"

"不如你把它送给我。"

"除了这个。"

"你在得到心爱的玩物之前也应该让我得到我心爱的玩物。"

"他不是我的玩物。"

"可是你原来总像我玩耗子那样逗他，最后把他弄死了。"

"他没有死，他也不是耗子。"

"人真是奇怪，心和你们的膝盖一样脆弱，你看我怎么跳都没事儿。你如果稍微长一些毛的话，就像我这样的，"猫咪一边舔毛一边说，"你的心就会感觉到温暖了。那时候的你是自给自足的，是超乎一切的，是……"

"想想你没做绝育的时候吧。"

"你只需要长一些毛，"它依旧满不在乎地说，"这样有助于心脏和大脑的保暖，你就不会感到冷了。"

"三十个妙鲜包，三天两包，鉴于你现在已经有点口臭了。"

"你想回到的那个夜晚，他曾给你打过电话，那时你们的对话的音波仍然回荡在你的小屋里，每次我去你的屋那里都嗡嗡地像一群蜜蜂，所以我只好躲在你的衣柜里。如果你让我进入你的屋子，我会替你捉住那个夜晚，然后展开它，用呼噜声催眠你，送你进去，你可以任意重塑那时就像整形医生捏硅胶下巴一样容易。"

"你怎么连硅胶整形都知道！"

"你知道的，我们猫都没有鼻梁，这种硅胶手术在猫科大行其道。"

假如把猫咪关在门外，那对它来说无疑是一场灾难。对猫来说，每扇关闭的门背后都是四十大盗的鱼肉库，它不能忍受自己被关在门外。但它会耐心温柔地在门外等上半个小时，直到零画开门，发现它仍然坐着等在那儿，仰头一声"喵儿"，随即站起身拿尾巴扫一下她的腿就进屋了，常常弄得零画满心愧疚。

她先进去把松鼠哄下来关到笼子里，果仁儿立刻钻进自己的木头小房子里去睡觉了。然后她打开门，放猫咪进来，猫咪进来了，有些失望，因为松鼠已经进笼子了。猫咪在原地扑腾了几下，然后舔了舔自己的爪子，说："好了。"

零画跟着猫咪进了向阳的房间，猫咪跳到小白衣柜上，"现在你可以抚摸我了。"它说。

它揉着猫咪脖子下面的两颗凸起来的圆圆的小骨头，小肥猫咪听起来非常满意，它的假声带正咕噜噜地振动，就像无数个小气泡在柔软的皮毛里咕嘟嘟地升起，它的身体是一只正在做化学实验的不规则的小胖烧瓶。声音原来是有形可触的。随即她去摸猫咪的头和躯干，毛皮顺滑，骨肉温热，真是人间的极品享受。然后猫咪打了个哈欠，有股发酵了的鱼腥味儿，这让零画觉得给猫刷牙简直刻不容缓，于是她掰开它的嘴想一探究竟，但猫咪不喜欢她这样做。零画拨开它上下两片小粉嘴唇，在看到了它嘴里上下两排与两边虎牙完全不成比例的细小整齐可爱得不可方物的切牙后，立刻满足了。她的头发丝拂过猫咪的耳朵，猫咪甩一下耳朵，粉色的小血管在透明的毛耳尖里熠熠生辉。简直浑身都是宝啊，零画想。

在越来越响的呼噜声中，零画惊奇地发现猫咪的颜色越来越暗，它的花毛色逐渐变淡，最后变成一团雪白，那团柔软雪白又温热的毛忽然变得冰冷坚硬又光滑，她再一眨眼，猫咪不见了，取而代之的是一块冰，还有些化了的雪。天光早已暗下来，她瑟瑟发抖，她发现自己坐在石凳上，冷气顺着屁股往上爬进股骨头缝里。然后她看见了骆之山，黑夜里，依旧背向月光，面目不清地坐在她面前。

"这哪儿啊？好冷啊。"

"你是不是发烧了？快把手里那团冰扔了。"骆之山把手贴到我头上，又把冰块拿掉。

"没有，就是太冷了。"我抱怨道，"咱们这是在哪儿啊？"

"咱们在后海边儿上呀，画儿。"

远处灯光红黄绿蓝，斑斑点点，在这寒冷的冬天里就像五颜六色的糖豆儿，风呼呼地刮着，我们呆呆地坐着，就像两个石墩上的冷狮子，仿汉代石雕只求形似的那种，因为谁都看不清谁的脸。暧昧不明的光下，我只能看见他镜片不时地反光，黑夜里亮晶晶的眼睛。

"别坐着了，冻死我了，咱们走走吧。"

于是我们摸索着向地铁口走，像两个盲童，手远远地拉着，遇到骑自行车和环卫三轮车的就得松手避让。那时候我们十分害羞，或者说我们一直都非常拘谨，小心翼翼地保持距离，如果我没有记错，这时我们的关系已经趋于冰点。可我见到他仍然高兴，心里就像放完冲天的炮仗后仍意犹未尽，西伯利亚风割得我耳朵疼，刚才被冰镇过的手开始像气球一样涨起来发热，我开始喜欢这种没有纷争的幻觉瞬间。我觉得我可以略过所有的地狱一样的争吵，去转向那些将暗未暗、将明未明的时候，我可以不挑破那些窗户纸，挖出我心里的那些珍藏的快烂了的玩具送给他。我想告诉他未来很美也很脏，不过见到他仍然幸福不已，我是如此想要迫切地在这个封闭的扭曲的偷来的小宇宙里和他把未竟的短暂的我们的时光打上逗号，我们相处的时间实在短暂，我无论如何也无法接受那个可怕的六月快速地将他从电话那头抹掉，拖入虚空。我想放声歌唱，来庆祝我失而复得的骆之山。

我在心里对他着急地说完了所有的话，他拉着我的手还是不说一句。后海边又干又冷，那个人造鼓风的滑冰场这时候也关门了，能见到的每个酒吧也是八分萧条，这里一个卖糖葫芦的人都没有，我想我不必着急回家向父母报告，于是我拉着他的手一直走，走过银锭桥、金锭桥到了地安门大街，他问我饿了吗，我说饿了，于是我们就去护国寺小吃吃东西。这时候有点晚了，我借用的身体已经开始焦躁，不过我丝毫不介意，我喝了两碗豆汁来压惊。这时候有了光，我方看清他穿着一个深蓝色的棉袄，衣襟前有块暗了的油污，还背了一个新百伦的小蓝书包，上面有许多彩绣的小怪物。他棉袄穿了有些时日了，因而有些他身上的味道，但是并不难闻。他的衣服还是凉的，手才稍微有点热乎气儿，我们握着手，坐在同一边，我把腿搭在他腿上。他喷了我送他的香水，冬天香水散得慢，只有靠近他才有那股若隐若现的仿佛环绕他的香气，现在我早忘了那个味道，但记得豆汁儿的酸，它总能及时地把我从欧洲的小岛揪回北京胡同儿。你看，大脑的记忆实在太不可靠了，所以我必须想方设法，想方设法地像盖茨比一样逆流回去，像菲茨杰拉德一样重复地写吉内瓦给他的那个故事，我必须想方设法地站在流沙上，才有机会去够我深陷沙窝的初恋。

"我觉得你还是短头发好看，虽然你现在头发留长了。"他握着我的手，一本正经地说。

那是因为短头发的时候我是属于你的。我心里暗叹。

"我第一眼看见你的时候就是短头发。"

"少年可能都觉得女孩儿短头发好看吧，活泼明快又聒噪。高中时候大部分女孩为省事儿不都是短头发吗？然而头发终究是要留长的，再剪再留，再留再剪……"

"咱们打电话的时候，我常常想起张枣的诗。"

"哪句？"

"就开头打电话的那首的结尾，'紧紧地贴着我你的微肿的白香皂的脸'，这就是你啊，你个圆脑袋的零画儿。"

我心里升起一缕被烧焦的柔情蜜意，我对他说："我今晚不走了，咱们去紫竹院睡长椅吧。"

他显然吃了一惊，"你疯了吗？你爸妈会到处找你的！我们肯定会被冻死，会上报纸的！"他赶忙又摸摸我的额头，"你是不是发烧了？"

这时候的骆之山还小，丝毫不知道以后我们之间发生的一切更为惨烈的灾难，仍然认为睡在公园里或者我不归家是件惊天动地的大事，他当然不会知道几年后在张北，半夜我踩着露水湿重的野草出帐篷去洗手间，听见许巍在遥远的主舞台上走场唱《时光》，便看见过去种种如雷电劈中口不能言。于是我带着他离开了护国寺小吃，去旁边买了一瓶红星二锅头，我说之山你看我们有这个护体，就不会冻死在这个冬天。我总希望和他做些什么出格的事儿，可什么出格的都没来得及。

"你是认真的吗，画儿？"

他就像吃了阿司匹林沉睡的宇航员飞了十一光年后看见幻象波普星忽然充了气儿一样活过来了，上一秒他似乎还是我想象中的纸人儿，现在他就是一下子被吹起来的，像帆一样鼓起胸膛。

"是啊，为什么不试一试，即使死了也值啊。"

"那我陪你，永不后悔，我将永远和你在一起，直到死亡把我们分离。"他嘻嘻笑着，说了我们旧日的誓言，把我紧紧搂在怀里，我们决心从二环一直走到三环的紫竹院公园去，然后在公园的长椅上窝一宿，就像波西米亚小鸽子。我觉得我有可能被冻死，又想这都是假的，我也许不会被冻死。于是我们走到烟袋斜街，差不多所有的店铺都关了，进入小石碑胡同，过了羊房胡同走到新街口东街，这一路有许多许多的超市和宾馆，可我们一家都去不起，人们紧闭大门，小卖部门口都挂着厚厚的军绿色的棉门帘。奇怪的是，我感觉不到冷，我们似乎变成了一匹二维动画片里的马，面对着意料之外的远方，撒开四条腿拼命地跑。我生怕梦醒。

到了西直门外大街快到动物园的时候，我大声喊，我说之山之山，你看这是动物园，我们现在一人花五块钱就能进去的地方，他说你别大声嚷嚷，动物们都睡觉了，而我们要学竹林七贤！

"让我们就像魏晋贵族一样道德沦丧吧！让我们快活到肉不敷骨，风流到散架吧！"

北风刮得我们通透得就像城市夜晚游荡的水母，我们在发光，橘色的路灯下，烫出蓝色的汗。虽然有烟花禁令，但我们仍能听见二踢脚的爆炸声，孤独空旷。无数个夜晚向我涌来，就是这么冷而彻骨，空荡的公交车从我们身边轰隆隆地驶过，我们在走路。我拉着他冰凉的手贴着他走，他脖子上的热气夹着凉香的肉味儿被风灌进我的口鼻，我大口吞咽，我想我的之山才是吃了冷香丸的人呢。他吃的是白牡丹花、白荷花、白芙蓉花和白梅花的花心，饮的是雨水节令的雨、白露节令的露、霜降节令的霜和小雪节令的雪，捞了两条小鱼做眼睛，见风而长，立地八尺，不多会儿就成了我的心坎儿。

"我给你讲个故事吧，画儿，这样你就能忘掉寒冷了。"骆之山笑笑。

我哆嗦着听。

"从前有一条河叫馄饨河，为什么叫这个名字呢？因为这条河温度很高，总是烟雾缭绕地冒着蒸气，混混沌沌的非常热啊。夏天河边总是下雨，雨丝凉爽又甜滋滋的，大家就光着身子在雨里洗澡，洗得脸蛋儿比皇帝的瓷器还要白净。落冬时候它从来不结冰，一直那么热热闹闹地跑着，数九寒天人走过去都立马淌汗，所以人们常常在里面泡澡。更妙的是，饺子和馄饨往河里一放，不一会儿，它们都熟了。所以大家都管这条河叫馄饨河。"

"然后呢？"

"但是馄饨河唯一有个不好的地方就是没有人能在里面看清楚自己的倒影，所以大家都只能看见彼此，却不清楚自己到底长什么模样，他们用纸糊窗，能反光的东西少得可怜。所以他们不知美丑，不知饥饱，只要能把馄饨煮熟吃了就很开心了。这个馄饨村子里有个女孩儿……"

说到这儿，他刮了刮我的鼻子，这时我们已经走到了首都体育馆门前，我的脚趾头已经麻了，于是他拧开二锅头喝了一口喂给我，然后自己也喝了一口。

"这个女孩儿并不满足于从别人的眼睛里看自己，因为那里的色彩是颠倒的，她这样说。她总是希望，有天能看清自己长什么样儿。有一天，有个男孩儿从遥远的脂归误打误撞地来到了馄饨村。'脂归盛产胭脂墨，所以我们每个人都是画匠，我能画出你们每一个人的样子，条件是让我吃饱肚子。'这个男孩儿向大家宣称。于是为了得到一张自己的画像，大家都排着队给他煮馄饨吃，女孩儿也在其中。"

"轮到女孩儿的时候，他怎么画那个女孩儿都不满意，为此他甚至吃了她一个月的馄饨。后来他累了，女孩儿也灰心了。'为什么你不满意呢？'男孩儿问，'这就是你啊，你为什么不满意呢？''不对，不对，'女孩儿说，'这不是我，我想看到真正的我。'"

"那她到底想要什么呢？"

"对啊，这也是那个男孩儿问她的。'那么你认为自己应该长什么样儿呢？'男孩儿问。'我觉得我是一朵花，你却把我画成了一个人。'女孩儿答道。男孩儿哈哈大笑，心想怎么会有人这么傻，会把自己看成一朵花儿？真把自己当水仙了不成？于是他继续问她，"你难道会像花儿一样随着四季变换吗？花儿凋零你也会卸胳膊卸腿儿吗？"女孩儿看着他，忽然脸红了，垂下头说……"

我们上天桥过马路，对面不远处就是国图。

"说什么？"

"'你可以留下来看看。你可以慢慢地画我的画像，等你看我走过整个四季，你就知道是怎么回事儿了。'于是男孩儿答应了，因为他觉得实在是不可思议。渐渐地，他们生活在了一起，那个女孩儿天天变着花样儿给他做馄饨吃，他吃完后就对着画架和她发呆。他想画她，却发现越来越困难，因为她真的在变化，无时无刻不在变化。他的心时而苦涩，时而甜蜜，他每画一笔那些胭脂墨就在他心里溶解一点，最终他什么都画不成。他开始相信她所说的关于自己是花儿的故事，因为她的刺儿实在太扎人了。终于有一天，他一生气就把所有的胭脂墨和画笔都倒进了馄饨河里，带着旧画像，头也不回地离开了那个只会做馄饨和饺子的女孩儿。"

"后来呢？"

紫竹院公园关门了，我们沮丧地坐在路边的马路牙子上，一口一口地喝着酒，喝得脑子发热，脚趾头也能在袜子里挪动了，谁都忘了它早就关门了，还以为和后海一样没门儿呢。二锅头劲儿大，我又喝得急，三环的路灯在我眼前像无数个发光的小火球，下一秒我就感觉自己要起身飞向它们了。之山搂着我，我们停了一会儿，他想了一会儿，说："画儿我爱你。"

我说我也是。

他说你等一下，说着就从包里掏出了许多麦当劳的小玩具放在柏油地上，有做成冰箱贴的 3D 薯条，半个汉堡，MC Cafe 和红豆派，穿着粉裙子黄围脖的樱桃小丸子和穿着红裙子白围脖的小丸子，不同种的多啦 A 梦。他说画儿，我知道你最喜欢麦当劳的玩具了，我每次去麦当劳都点两份儿童套餐，就是为了给你多拿两个玩具，这些都是我攒着给你带回来的。

我看着那些玩具，就像做梦一样，哦对，就是在做梦。可那些柏油马路的凸点让这些看起来真像真的。

"这些玩具我一直放在我书包里，跟着我，想着也许有天回来，就能见到你了。"

我喜欢那些玩具，我喜欢一切袖珍的仿真玩具，我把它们一个个都拿起来，不停地摩挲，薯条上面的贴画已经有些磨损了，可我喜欢得不得了，"你真好，之山。"

"后来那个男孩儿每次翻开他之前给女孩儿画的草稿就会发现墨色变淡了，也是命运合该使然，本来这种胭脂画儿就是逗女孩儿玩儿的，日子长了那些粉墨都要扑簌簌掉的。男孩儿心里着急，想补救，可他没了胭脂墨和画笔，再也不可能补成从前那个样子。他好不容易买来了墨笔和徽墨，可没想到那些粉墨靠不住，自己的记忆也靠不住，他惊讶地发现女孩儿在自己脑海中的影像也不断地掉色，最终就和冬天的花儿一样，不见了踪影。"

"后来呢？"我紧紧捏着那些玩具，把脸埋在他脖子窝里。

"后来他把墨和笔都卖了在街边买了碗馄饨。这就是零画儿的故事。"他的脸蹭着我额头，然后慢慢地抱紧我，把薄如月牙儿的唇凑过来，有些打颤地吻我。我们的牙齿轻轻地磕在一起，我们的颅骨互相问好，他的舌头温柔含情。白酒现在只剩下甜，冷空气钻进来变得潮湿又温暖，我闭上眼睛，眼前的世界却愈发清楚，星辰闪耀，山川广袤，我看见胭脂墨翻滚在热气腾腾的馄饨河里，女孩儿呆坐在岸边，手里端着一碗彩色的馄饨。

最后一个吻，骆之山说，让我安慰你度过这时代的晚上。

醒来我发现自己正枕着猫咪，它的毛湿了一片。可猫咪出了奇地有耐心，它什么都没有说，它没有嫌重，要往常它早挠我推我了。它只是盯着我，带着那种人类没有的神情。我惊讶地发现，白色的小桌子上多出了一堆小玩具。

如果事情真的能像我设计出来的那样发展就好了，在所有胶腻如沼泽的记忆里，你并没有反击的机会，你不能像吹牛大王一样拔着自己的小辫子从沼泽里自救。我没办法这样自救，零画儿。我那天坐一号线在玉泉路上车，车门边有一个人，似乎精神异常，一直在随着地铁报站声报站，比如，"北京地铁一号线"，"五棵松站到了"。后来他在我面前站着，我看到他骨瘦如柴，我猜想他的两条腿的肌肉一定没多少脂肪且肌肉萎缩，一想到这儿就替他伤心。他在我旁边坐下，仍然兴高采烈地报站，跟着播音念所有的中文叨着，广播说英语的时候他跟不上，只好兀自说一句"北京地铁"。虽然心里有些紧张，但我还是一直坐在他旁边，直到我下车，他让我想起我初中班里那个患自闭症的男孩儿。今天坐公交车，看见前面有辆车慢悠悠地拦在公交车前面，是那种运蔬菜水果的蓝色电动车，我和司机一样着急，心里纳闷儿他为什么不好好开车。后来公交车开过，我才看见那个寒风中头发蓬乱，面有菜色的男子，正举着左手吃半根香蕉，右手扶着电动车把。画儿，原来咱们不是经常去动物园吗？从国图出来，走走就到了，你最喜欢和动物待一块儿了。可是动物园园长贪污，你看看动物们都过成什么样儿了？咱们小时候就在的那条贯通两层的大蟒蛇早走了，蛇馆里那儿空空荡荡，每次去只是分外伤感，只见树不见蛇。猴山早就没了，变成了一个大型现代化的玻璃建筑，外罩金属钢条，出口处均密布铁丝网，再也没有小时候猴山吵吵嚷嚷的乐趣了。动物们都馋，吃了这个还想吃那个。只有犀牛河马馆里那张犀牛和河马戴着墨镜，一起开心地坐碰碰车的壁画一直没有变过，可是天总是不透亮的，阴沉沉一种快要倒闭了的痛苦感。从我家楼顶上看过去，整个儿三环以外都笼罩在悲哀里，西山和大厦互相颔首致意，它们在夜里慢慢地起身，身体里面趴满慵懒忙碌的人，在浓雾中咳嗽，互相闪躲，像象群在暮色四起的塞伦盖蒂大草原上行走，影幢幢雾蒙蒙。这个世界实在是太坏了画儿，可我从一开始就想给你最好的。世界实在是太广阔了，我们的事儿实在是不值一提。

但是我仍然想念你，就像阿里萨想念费尔明娜。我知道即使你现在吻我你也不会心存愧疚，但你不会吻我了。我怀念那段岁月，但我从未联系过你。我不再学物理了，我放弃了考研，因为我爸那年动了手术，家里每况愈下。我去了更南的南方工作，我开始做机械软件工程。每年过年我也许会回桐城，也许会回北京。总想起高考毕业那年我去徽州时给你带的墨，背面一只白鹤在墨上飞，你特别喜欢，总是爱不释手。我又回北京了，可是也不知道你在哪儿，我去过你家附近的麦当劳，带着我一包的玩具，可是我碰不到你。你结婚了，我也没有收到请柬。

真是一生痴绝处，无梦到徽州。

后来我终于想出一个办法，我造出了一个软底硅胶有机械芯的你，然后把共有的记忆给你灌进磁盘，然后自导自演了这一切。我是多么没有原则啊，可是我可以捏造所有的一切，我可以像我小说里所写的那样令你怀念，让你神魂颠倒，和你颠鸾倒凤，我才不在乎道德。我想要在有限的时间里和你跳一支永远也结束不了的迪斯科。你通过意识拥抱我，我也会通过嘴唇去了解你，一个新的你，伤痕累累有无限可能性的你，最妙的是，你永远不会衰老，你的硅胶皮肤完美无瑕，没有颗粒，细腻无比。我咬下去，爽滑筋道，还会有牙印儿和红晕，我舔舐花蕾，探取花心，一次次地带你走向山峰和雪崩。今天北京下了初雪，十一月初，真是太早，雪下身上就化了，我就在温暖的卧室里和你缠绕，就像一枝并蒂莲。那年你只有十二岁，你说读《长恨歌》的时候，满眼满心都觉得是色情读物，就像唐明皇和杨贵妃真真儿地在眼前叫唤，不能自禁。你尤其偏爱那句，"云鬓半偏新睡觉，花冠不整下堂来"，再提到"梨花一枝春带雨"，你说简直感觉她面前的道士都能勃起了。

然而我想今生你我大抵无缘，我于你也不过是你画儿上的一个人，你于我就是一张过目不忘的画儿，我把你画出来的时候就知道有褪色的那一天，而在你的画儿里我就是一个汴梁河边卖糖葫芦串儿的，可是谁都阻挡不了杜丽娘梦游牡丹亭，崔莺莺私会张生，不是吗？我终究会一遍一遍，饥渴地如轮回一般地写这个故事，在一些晨勃的时候反复地要你，我也会一碗一碗，继续地喝我应该喝下去的孟婆汤，和她们做爱的时候绝不想。我也许会销毁你，但我会永远保留你的芯片，那颗裹藏在子弹里的芯片，也许某一天，我实在发疯，我就把它插入我的手枪，开保险上弦，用你来了结我一生。这样你就会永远地留在我的大脑里，和我的这具身体和我的青春时光，凶猛地被锅炉的大火撕咬，它会比我们所有的高潮都要感人。

而那朵玫瑰，会流入大海，如这个故事，永不凋零。

我能看看你的小纳米羊吗？

上折　迷魂乱眼看不得

我曾听说，每个人死后都要爬过一座腐肉山才能往生，如果你生前吃得肉太多，那么你的脚底就全是油，就会爬得很艰难，那些少吃肉或者不吃肉的人，就会爬得很快。

张虾虾盯着眼前这盘凉拌牛肉，笑眯眯地对赵画说。

赵画哭笑不得，没关系，这是用小纳米牛做的，让我少些罪恶感。

温室气体骤增，农田牧场锐减，这个夏天，北京的平均温度已经到了45度，胡同里吹糖人儿的已经改卖棒冰，西安前天居然达到了50度，兵马俑又炸了好几个，华清池一天卖出去5000个温泉鸡蛋，苏门答腊岛的热带雨林里还开出了有史以来最大的腐尸花，岛上的居民都坐上小船划到了海上避难，爪哇岛的默拉皮火山被熏得喷发对此表示抗议。

因此人们研发出了一种新的技术，将家牲的精子和卵子提出，进行纳米克隆，以此延缓冰川和岛屿的寿命。纳米技术生产的小牛小羊一般不过于掌大小，当然也可以根据生产需要长到花盆那么大。据说，小牛小羊们克隆出来以后只有拇指姑娘的尺寸，被流水线传送去喝营养五倍于初乳的液体，随后它们被圈养在几块小方草坪里，吃草打滚晒太阳，那些草一播种就长得飞快，所以它们不愁吃喝。一个月自然寿命到，小牛小羊们成批倒下，毛皮和肉可以轻易剥离，太阳能充足，所以机械运动分外方便快速；这种科学生产的牛羊肉还分外绵软细嫩，营养丰富，因此一经上市，便好评如潮，大大缓解了传统畜牧业的温室气体排放，节约了不少地球资源。一般来说，像标准足球场那么大的牧场就能满足北京市一个月的牛羊肉需求量了。纳米家禽的生产也是如此，甚至更为高效便捷。

小牛看起来像小人儿国的产物，一只小牛一盘菜，所以赵画面前的这盘拌蒜的小牛肉上，还有一个剥了皮的袖珍牛头，紧紧地闭着小小的双眼，盘子的四周委婉地趴着四只小牛腿，牛尾被后厨留下用做牛尾汤。赵画看着眼前的这个牛头，有些于心不忍，我不吃了，我要打包带回家。

唔，随你意。张虾虾看向邻桌刚进来的四个人，心想这都快十点了，怎么还有人来吃饭。

此时两人坐在鼓楼下的馄饨侯里各怀心事，张虾虾看着烧麦上的面霜，想着烧麦里曾经住着麦兜一家，不由得伤感起来。

你怎么不吃啊？赵画问。

你忘了我吃素，我看你吃就行了。

可这个小纳米牛从严格意义上来说都不是动物了，它们只不过是被设定了程序的细胞组织而已，你可以吃。赵画直视着她，他脸上有两颗痣呈平行四边形相对，微厚的嘴唇牵引着它们做不规则面部运动，像火星的两个天然卫星，时刻准备从他巧克力色的脸蛋上逃逸。

因为我养了一只小纳米羊，就在我的身上。

真的吗？赵画捞起最后一只鲜虾猪肉馄饨，饶有兴趣地把勺子停在半空中。

对，张虾虾压低了声音说，大部分中国人见到动物几乎都会流口水，脑中立刻列出了无数菜谱，尤其是手到擒来的纳米动物，我觉得他们脑子还在闹饥荒。说话间她厌恶地瞥了一眼邻桌，他们正在讨论上次在河北吃蝙蝠的事儿。

"啊，那什么跟鸡肉味儿差不多，不过比鸡肉清香很多啊，哈哈哈！"

"哎呀，你快别说了我都受不了，一说到要吃那种小生灵我都起鸡皮疙瘩啊，哈哈！"

赵画微微歪了一下头，"为什么？"

所以我要保护好我的小纳米羊，不让人偷走它把它吃掉。张虾虾泛起了一丝神秘的微笑，睫毛弯得都好得意。

我可以看看吗？

"我们拨开它的翅膀，吃它那毛茸茸的肉！翅膀烤得咯吱咯吱哈哈哈！你看我都怀孕一个月了，我和我老公还要一个月吃两回！"

你先吃完，咱们出去说，她叹了口气，邻桌那帮傻逼太吵了。

赵画草草地吞下馄饨，打包了剩下的纳米牛肉和玫瑰馅烧饼，两人推门出去，走两步抬头看见鼓楼，砖墙被街上的车灯和小店的灯光映成暧昧的红，瓦楞和檐角在黑暗中如翘首盼望的金绿绣娘，比白日妖娆。张虾虾想，它真像一只温柔的兽，蹲坐在中轴线，守护着每一只馄饨里的灵魂。

　　你的小纳米羊在哪里？赵画问，他走起路来像敖广的螃蟹大将，总是带着当仁不让的气势。

　　张虾虾深深地吸了一口气，唔，它睡觉呢。

　　可是它们都不是真正的动物，它们是被注入了一整套程序的细胞组织，一个月到了就会毫无痛苦地自然死亡，就像春花秋落一样自然，虾虾，我觉得你可以尝一尝。

　　不，张虾虾把手放在胸口，她摸到了纳米羊温软的卷毛，她中午刚给它用无香精的宠物沐浴液洗了澡并用小刷子刷了毛，它跪在一块小垫子上，慢慢地闭上了小黑眼睛，任凭她胡噜着自己的毛，毛膻味儿从它娇嫩的白毛卷上升起，透过太阳光呈现出桂花样的金黄。

　　不，张虾虾说，他们说谎，我的咩咩已经四个月大了。

　　赵画不说话了，他感到迎面的熏风如春卷一样被炸得闷而油腻，直往他嘴里灌。他低头看看手里的袋子，影绰间看见透明的塑料盒里小纳米牛紧闭的双眼，他忽然希望它能睁开双眼，重新穿戴好自己的皮肉和骨骼，装好四肢和头颅，跳出蒜汁的裹挟，冲出塑料盒，骄傲又愤怒地闯进馄饨侯的后厨，去讨要自己尚在锅中咕嘟的牛尾。

　　嘿，赵画，张虾虾的声音愈发舒展绵软，被涂着玫瑰橙唇膏的嘴唇吹进他的耳朵，撞到了耳壁的绒毛，痒嗖嗖的。

嗯?

你知道吗,是我爸的纳米技术团队研发的这个技术。她凑得更近了,赵画有些紧张,解开一个扣子散散热,左边的太阳穴突突地跳了两下。

是吗?你从来没提起过。

纳米粒子容易进入人体细胞,所以纳米肉的香味和口感会更加诱人,红肉里的致癌物质侵入体内也易如反掌。

赵画突然感觉到一丝凉意,胳膊上汗毛竖起,原来快到什刹海了,风从牌坊里如幽灵扑来,带着水和浮萍交尾的腥气。

有次工程验收完以后,我和局里负责食品安全的人睡了,然后悄悄地改了几个小数点,那傻瓜还什么都不知道呢。她离开他的耳朵,反捉住他的袖子,他停住转头看她,一张娇艳酥软的小尖脸,唇齿微张。

所以对我来说,吃这样的肉,比吃蝙蝠还坏。她哀媚地笑笑,眼里泛出星光。

下折　露冷莲房坠粉红

然赵画吃过不少纳米肉了,一时间只觉短袖贴在皮上,喉头发胀,骨肉尽寒。

什刹海实在没有什么新鲜,杂色的肉浪比夜晚的高温更可怕,赵画缓了一会儿,眼睛还是有点儿花,他清了清嗓子,虾虾,我能看看你的纳米羊吗?

她又笑笑,你怎么不怪我害了你?

他举起手里的凉拌牛肉,我这口肉还没吃,死得会慢一些。

再说了，我看到纳米羊之前，是不会相信你那些鬼话的。

哈哈，去我家吧，我让你死个明白。

不，你去我家。他抓住她豆腐脑做的胳膊，我要死也死在我的屋里。

他们从什刹海上七号线地铁，从南锣鼓巷站换乘到六号线，换乘的通道因为没有空调几乎让人窒息，赵画开始同情张虾虾和他自己，他开始觉得她做的是对的，地球太热了，热得在晚上都无法平静地吃下一碗鲜虾馄饨。向东一路坐到管庄，两人从地铁口出去，踏入一片橙光里，地上摆摊卖小零食和袜子拖鞋，五环外，人气寥落鞍马稀，赵画稍微能喘气了。向南走，麦当劳在远处闪光，圆润的"M"标识呈现出清凉的水蓝色，因为全球高温，麦当劳等快餐店已经把主色调从红变成了蓝，以刺激日益低迷的快餐市场。

"麦当劳给你一整只纳米小牛的惊喜体验！精制芝麻小麦面包，新鲜冰爽的有机生菜加上香浓润滑的纳米芝士，更不要提还有西班牙秘制斗牛酱料火辣来袭！超级无敌鲜嫩多汁的美味口感让你欲罢不能！吧啦吧啦吧！我就喜欢！"

当他们经过那家快餐店的时候，纳米全牛堡和纳米鸡腿堡的广告贴在门的两侧，纳米牛奶做的甜筒和麦旋风也颇受欢迎，这么晚了还有些人在排队。

"唉，你别说，这纳米牛奶做出的鲜奶冰激凌就是比普通的奶油好吃！吃了又凉快还不腻，感觉从嘴里到肠子都是通透的！"一个穿着二外附中校服的少年正举着一个甜筒对他身边的女孩儿说。

赵画看了看他身边的张虾虾，她黑亮的短发浸在耳朵根，那种得意又奇怪的笑容仍然还在她嘴角，挥之不去，她发觉他在看她，于是转过脸来，眼神果冻一样软，怎么，想来一个冰激凌甜筒吗？

我不爱吃甜的，他说，我只想喝冰水，我家附近有个快客，我们可以进去买。

你想喝点什么吗？两人在便利店里弯着腰看冰柜里的饮料。

我不想喝，她说，从鼓楼过来，我有点饿了。

快客的包子早已卖完，张虾虾痴痴地盯着那两个空了的柜子，咦，冬菜包子，冬天早晨你会来这儿吃冬菜包子吗？

北京哪里还有冬天，早已不是梁实秋的时候了，你还想吃点别的吗？

来个面包吧，这么晚还没有人来吃面包的话，它们就会因为被丢掉而哭泣。我曾听到过它们哭诉自己被机械手揉了成千上万次，经历了火焰山一样的炙烤才拥有了美味的外表，之后它们每一只都非常高兴地穿上了五颜六色的花衣服，彼此手拉着手互相贴着肥肥的脸蛋坐进塑料筐里，被扔进大货车并在清晨一早就送进各个超市、商场和便利店，就像女孩儿们去参加舞会那样美得花枝乱颤，有的奶油面包还贴着面纱往外看导致自己花了脸。见到灯光的那一刻，每只面包的心里都充满了爱和希望，它们对周遭的邻居——饼干罐头什么的热烈地喊话，显摆着自己的新鲜和美貌，那时候它们骄傲无比，认为自己站在了世界之巅，是管庄快客之王，而刚出炉的包子只配在小方柜子里沉默——它们吃得太撑了以至于说不出话来。然而赏味期一到，有些面包被挑走，有些面包则剩下了，那种没能被人选择的感觉比失恋更糟糕，北京有很多面包都被这种绝望的情绪谋杀，最后因发霉而死亡，被扔进垃圾场了结一生。

收银员目瞪口呆。

赵画进京来做贩卖书画的勾当，就像无数古代的士子一样居长安大不易，他在管庄的建材老家属院租了一间四面掉皮的北向小屋，仅有一扇小窗可向外窥探，因为住一楼而潮气蔓生。所以每逢暴晒天，他常常搬自己的被子搭在外面的铁丝上晒，但是晚上回来时又是一床露水。赵画打开门口的纱窗门，用磨出铜色的老钥匙开门，弹簧门缓慢弹开，扑面而来的一通漆黑，张虾虾站在门外啃椰蓉面包，迟疑着不敢进去，赵画回头笑笑，怎么了，快进来，我又不是蓝胡子，不会让你的面包掉进血泊里的。

有些椰蓉粒顺着脖子掉进了胸口，她感觉到小纳米羊醒来了，正用小舌头去舔那些面包渣，她的胸口温润了一小片，咩欸……她听见它微弱的呼喊，它开心的时候总是这样，尤其是在她给它喂燕麦和胡萝卜片的时候，它简直高兴坏啦。张虾虾走进去，羽翼服帖，全身紧绷，小纳米羊在她胸口转了个圈。

我家停电了，把手给我。他拉着她走进大门，再反手把门锁上。黑暗中有什么东西嗖地掠过她脚腕，她惊叫一声，脚下传来一声"喵"，她低头看见两颗瞪圆了的祖母绿。

你养的猫吗？

嗯，小黑猫。

窗外透进来的夜光让她尚能看清屋里的摆设，一张大床、一张桌子和凳子，桌子上凌乱地摆着一些书和画，在夜晚发着参差不齐的蓝色毛光，空气有些闷。赵画把打包盒与水放在桌子上，把小窗推开，不好意思，屋里没有风扇和空调。

没关系，挺阴凉的。

赵画坐在床上，你过来坐吧。

我吃面包呢。张虾虾站在门口用门牙啃着面包，屋里太黑，我看不太清。

愚蠢的借口，他走过去，把她手里的面包夺过来扔到了桌子上，随即把她推到墙上，用手卡住她息夫人一样绵的腰，心里浮出一句诗，"做冷欺花，将烟困柳"。他覆在她身上就像冰箱贴吸住冰箱，早春吸到的第一口槐花蜜，又瓷又甜。

她的短发因瞬间与墙壁发生摩擦，有几丝黏上了他的脸，他睁大眼睛，看见对方也瞪圆了眼睛，睫毛卷翘，根根分明，他想起了童年吃糖时看见他堂姐玩的洋娃娃，也拥有这样大而圆的眼睛，只要把它立起来，它就睁开眼睛对他笑，只要把它放倒，它就闭上眼睛乖巧地睡。他多想拥有那个像牛奶一样白像鲜血一样红的漂亮娃娃啊，男孩子怎么能玩洋娃娃呢，他堂姐把它从他手里夺走，塞给了他几颗玻璃弹珠，你玩这个！他把弹珠用力地扔到地上，把瓷砖砸了一个小坑，"我就要娃娃！"

想到这里，他忽然笑出来，能给我看看你的小纳米羊吗？说着就腾出一只手去解她胸前的小圆扣子，她拼命反抗，又被他摁住了手，反复折腾了一阵，两人都出了汗，似刚从两万里的海底潜上来，日光刺眼，头晕目眩，脚下是虎鲸，远处有白鲨。

他微微离开她的身体，转而迅速而猛烈地亲她，啄木鸟啄树一样品尝她，她椰蓉的味道，植食者的清香。突然传来一阵刺痛，她咬破了他的嘴唇，腥而咸，全力推他，用脚踢他，发出低沉的吼声，他有些恼怒，把她抱起来扔到床上，就像把从堂姐那儿偷来的那个洋娃娃扔在床上然后抚摸它的塑料乳头和下体一样急不可耐。她蹦起来，又被他摁在了床上，他骑在她身上，抓起一条腰带捆住她的双手，用力去扯她的小圆扣子，猫跳上了床。

"Ping"，扣子崩到了地上，他如愿以偿地把她的衣服撕开，看到她圆润光滑的双乳间，有道深渊般下沉的裂痕，剖面宛若绸缎，而在她的胸骨上，一只小羊正迎风起舞。

她想忘记有关朗姆的一切

她脸上刷着一片白，珍珠粉把她的脸箍得紧，看着纳米服务员拿小白玉壶往小杯子里倒茶，音箱里飘来一句蒋月泉，"更不要想起扬州这旧墙门"，鼻子一酸，眼里明晃晃，心里雾惨惨。不敢抬头，未婚夫就在眼前呢。

林楚池坚定地伸出手，把一个边角镶金的檀木盒推到她面前，她捉住它打开，红丝绒底，里面是一枚铂金戒指，上面嵌着钻石做的小松鼠头，这是到时候了，她想，这枚小松鼠头骨恐怕不是他能想出来的，想到这里心里又涌上了潮水，痴痴地盯着这个戒指，不说话。

他闻到她手腕上隐隐蒸上来的香膏味，又看见她耳垂儿通红，禁不住有些恍惚，她把头发烫成时兴的波浪，斜戴着白的法兰绒小折帽，面纱下的脸像苹果一样半白半红地娇憨，有种幼童的憨气，眼帘垂下，嘴唇微微张着，粉若淡暮，初春的柳芽。

"那……"他终于开口，却分明看她紧张犹疑，黑瞳仁儿转了一圈又一圈，眼睛有些红，他迟钝，以为她只是由于见了喜欢的东西，为了即将到来的场景而酝酿情感，殊不知她另有心思。于是他换了个口吻，减轻她的压力，"喜欢吗？"

她眼睛抬起来，"哪里找到的这样式？"

"你常去的那家珠宝店，里面的设计师知道你最爱小松鼠，就设计成这个样子了。"

"什么，我最爱的明明是你。"她好歹笑了一下，撒谎的时候眼睛也不眨，就算到了这样的时候，还不敢承认。

"那……那你答应吗？"他还是那副胸有成竹的模样，她看了实在是难为情，喝了一口茶，又看了一眼戒指，仍是把微笑凝固在唇角，"答应什么？"

"答应嫁给我呀？"

"你还没有把戒指套在我的手上，怎么能就这样轻易地求婚？"

他把戒指轻轻地套在她手上，她不动声色转了转小松鼠头，摆手对他笑笑，"好看么？"

"好看，你戴什么都好看。"

"不好。"

"什么，怎么了？"

"我说，嫁给你，不好。"

他的脸骤然冷下来，眼里有被羞辱的委屈在眼圈里打转，"你怎么能这样？我已经等了你这么久？"

"你是想要我爱你还是跟你结婚？"

"都要。"

"人不可以太贪心。"

"王甯鹤，你说爱我又不嫁给我，你到底怎么想的？"

白天工作的时候，松鼠会在笼子里焦躁地跳来跳去，未剪的指甲和笼子栏杆发出丁零当啷的清脆声响，如美人环佩于花廊缓行，她闭上眼睛，觉得这个声音将永生永世地留存在自己的记忆里，困于笼中的绝望和潜在的自毁倾向让小松鼠鼻头的上方磨秃了一块毛，想找到出口逃出去的愿望是那样纯正和强烈，她决定以后再也不养松鼠了。虽然她根本克制不住想要抚摸它们柔滑的身体，望进它们黑瞳孔，揪它们小小耳朵的欲望，正如她无法抗拒被人爱时那个满眼发光，精心雕琢的自己。

但总是把心爱的动物囚禁在不属于它们的地方，无疑就是虐待，自从松鼠住在笼子里那一刻起，她的感知也被锁进了笼子，松鼠磨笼子的时候，她也很焦虑；但如果把松鼠放出来，它会咬碎一切能接触到的东西，家里就会充斥着狼藉和骚气，她困于工作，无法时刻陪伴它，爱的矛盾就在于此……

"甯鹤……你在想什么？你在听我说话吗？"

"嗯，怎么了？"

"为什么？你是不是爱上别人了？"他又变得像小狗，眼睛汪汪，似要流泪。

"我只是不想结婚，你我好这么久，你不是不知道我是什么样的人，我害怕有朝一日，你我就像被囚的松鼠，没人开锁，早晚撞死在婚姻的笼里。楚池，你不是不知道我有多爱那只松鼠，又多怕它死在笼子里。"

"你想得太多了，"他总算松口气，不怕移根换叶，反正她也逃不出自家院子，遂缓和口气，"戒指你先收下，我知道你喜欢，结婚的事我不逼你，等到你愿意，反正我也没有别的想法。"

"好的。"她露出无辜的笑容，心里的忧愁蛋糕被塑料刀切开，露出一道红丝绒剖面。

"想吃什么？"他捉住飘浮在空中的点餐飞碟，恢复了一贯的温柔优雅，"要不先来一个朗姆冰淇淋？"

身体虽然被捆在椅子上，但是她的思绪还是飞回了几年前在不列颠的某个夜晚，他们几个在一起聚会，突然小溪说要调莫吉托给大家喝，于是他们赶在莫里森超市关门之前冲到里面，买了一大瓶朗姆酒和苏打水，一盆薄荷和绿柠檬。

调酒时小溪倒多了朗姆，糖和苏打水都不成比例，大家尝了一口都觉得不是滋味，笑她，"你丫朗姆搁多了吧，绝对不是这个味儿"，"要不咱们还是喝超市成瓶的吧"，但小溪坚称自己的配方没错，"你们都没有喝过真正的莫吉托"。

大家笑得滚作一团，亲密无间，酒劲上来，他们发现自己正迷迷糊糊地走在小城坚硬的石子路上，青草味的微风潮湿冰润，蟋蟀在叫，好像下雨了，这漫长的秋夜啊，像苏州。那时林楚池走在她的身边，她别过头，唇膏蹭在了他的袖子上，能感觉脸颊被朗姆酒烧得热起来，倚在他胳膊上，两人就那样走了一路。

楚池比她大三岁，当年作为机械工程的博士学长接待他们，席间话不多，只是看着他们笑，说些一本正经的叮嘱。后来他们才知道他家是做仿生人生意的，只管让他去读书，在英国掌握核心技术以后好研发产品。

第二天小溪对她说，你昨晚一直黏着楚池的胳膊，他搂着你就像土星环包围土星，小心翼翼，生怕给你撞碎了。

都怪你搁多了朗姆酒。她耸肩摊手，一脸无所谓。

小溪也笑，我才发现，我他妈真是搁多了朗姆。

"你是不是喜欢上林楚池了？"

"你别瞎说。"王甯鹤冲小溪嚷，她们一起去不列颠留学，同样热爱摇滚乐，一见如故。

她不知道自己对于林楚池到底是什么感觉，但是她心里明澄澄地知道，林楚池一定是爱上她了，不然她靠他胳膊的时候，他那么爱惜羽毛的人居然没有躲，任她把玫瑰色的口红蹭在他的白色土星短袖上，那件土星短袖是她两周的饭钱。

直到如今，她细细地看着这小松鼠头，也不明白，那个朗姆之夜到底发生了什么，是什么让林楚池坚定不移地认为她喜欢朗姆口味的食物，喜欢穿着土星短袖的自己，而不是即兴的依靠呢。

不咸不淡地聊了一年，还是在一起了，虽然楚池的脸不动人，但她看中他的稳重和不动声色，觉得他是大贾家里自小培养出的公子，和那些行商家里浮浪的小青年还是不同，是做丈夫的好人选。不同于那些想拴住男人心催婚的女孩子，她是害怕结婚的，从来不提婚事，只顾两人开心度日。林楚池回国后开始创业，压力骤增，也是看中她这一点。他一直觉得是她懂事，后来才知道是恐婚。

一不留神好了这么多年，虽然每天在床上重复一样的事情，也能从中得到机械的快乐，但她总觉得是在和仿生人接吻，嘴唇机械张合。她握住他散发着大地香水的手腕，发现他的脉搏平缓，一点激动都无，为此她常常在他身上找寻开关，"楚池，你是不是假人？"

"为什么这么问？"他迟钝。

"那你就是不爱我，为什么接吻都没反应。"

他还是温和地笑笑，"我天生心跳得慢，跟你在一起就算顶快的了。"

"薄情的楚池，天生的商人。商人的心跳都慢，重利轻别离。"她还是吊在他脖子上，仿佛天生就没有骨头似的，指着他的胸口，"恐怕你对我的爱，也是按部就班计较好的，和你家生产的仿生人一样程序化，或者你根本就是你父亲造出的仿生人，像模像样地受洗，领圣饼，每日祈祷，去英国读书，伪装成世界上最好的自然人来和我恋爱。"无时无刻，想要讨好恋人的谎言，用甜蜜的语调说出来，便没有人再怀疑她的真心，男人最好哄。

"瞎说，你的小脑子里天天装的都是些什么呀？"他微笑地摸着她的头发，从头顶心一直覆到尾椎骨，宠溺从他的眼睛里滴出来，不到唇边都知道甜得发腻。林楚池不是不好，是太好了，处处顺着她，明明过节想去巴黎却被她带到摩洛哥，生怕她不开心，像苏绣那样捧在手上，张飞绣花，每一个针脚都细致，好得她挑不出毛病，好得四平八稳，好得死水一潭。

她还是不清楚，自己到底是贪他的好，还是爱他这个人，直到在那家叫苏州白的珠宝店见到归春秋，她才隐隐觉得，她还是做错了选择，到底意难平。

少女时期，常常有一些难题围困于心，比如去药房抓药，碰见面如朗月的男人，手长而秀气，把药钳在手里放在她手心，叮嘱一声，"要按照底方服药。"她就知道她是喜欢这种男人的，没有女孩不喜欢这种男人，长得好看，坐在阴暗的窗口里拣药都这么好看，他看着她缓缓向他走来，目不转睛，一眼能扎进心里去。可是往往选择的，却是身边样貌平庸，会早早开好车，在医院门口等她，上车便会递上奶茶的人。她多想和美貌有趣的人谈不间断的恋爱，而不是过早安稳下来，生面貌无奇的孩子在花园里跑，可惜没有遇见过漂亮的男人，漂亮的小伙子都是一瞥。她是个天生的花痴，贾宝玉式的疯魔，知道自己会怎么对待漂亮男人，欢喜从眼睛中汩汩涌出，唇齿间恨不得嚼碎对方的美貌，通通咽进肚里，飞蛾扑火，要不得。

归春秋就是这样英俊，眉目如刀刻，嘴唇如石雕，皮肤几乎看不出毛孔，简直是卢浮宫墙上的秀美青年，就差一件貂皮银氅。常去那家珠宝店不是没有理由的，喜欢看他在灯下，热情地帮她低头找款式时，睫毛下完美的扇形阴影。漂亮的人真是百看不厌，没有死角的完美。这款镶钻太密，戴在手上像暴发户太太，那款宝石又有些沉淀，觉得不够纯洁，所以总是使唤他一样一样地摆出来看，反正她在家工作，有的是时间来打发。他从来没有厌烦过，也从来不会流露不满，从来都是笑嘻嘻地给她推荐，并细心地告诉她怎样搭配最好看，什么颜色的珠宝才最衬她白，她很受用。林楚池太直了，这些他不懂，只会赞：好看。

戆徒，寡味。她在心里埋怨。

从店名看，店家或许是个苏州人，或者爱过苏州人，总放评弹，软而有力的吴语配上细碎的琵琶，再烈的词也唱得如楚剑裹红绸，温柔尖尖地抹喉，像虞姬，像柳如是，听得她想家。楚池是北方人，她跟着他来到北方发展，也是不得已。有天店里不知怎么开始放吴语的《四季歌》，恰好那天下大雪，天寒地冻连乌鸦都叫不出，楚池一向忙得不见消息，松鼠在笼中睡下了，她嫌闷，穿上衣服出来找归春秋说话，刚喝一杯热茶，耳听得"醒来不见爹娘面，只见窗前明月光"便窸窸窣窣地开始抹泪。春秋正从橱柜里拿出一条粉钻项链，忽然见她泣涕，便又从小柜子里拿出一方白丝帕，递给她，待她眼泪止住，才发问："好点了？"

"春秋，你家在哪里？"

春秋一愣，手呆在半空中，镂空的白金马蹄链摇来晃去，小小的粉钻显得有些魂不附体，"广东佛山吧。"

"想不想家？"

他眉毛上挑，一副呆呆样子，"在这里，常常见你，所以不想。"

她笑笑，不再为难他。他旋即又恢复了那迷人的笑容，"不要伤心，又不是回不去了。"

"如果我要嫁给他，定居在这里，恐怕很难回去。"

"那就留下来，我也在这里。"春秋盯着她，"我会说吴语，也会唱昆曲，你知道的，老板要求，我什么都得会。"

她的脸隐隐透出红，太晚了，可惜。

"若你中意我讲白话，我也可以给你唱粤语歌，你说过你喜欢老港片。"

"嗯。"她开心起来，"给我看看这项链？人家都说，千金易有，粉钻难得？"

"千金配粉钻，一物降一物。"他小心托起项链，"要不要我帮你系上？"

她转过头去，感到他的手指拨过她的发丝，颈上很温暖，皮肤光滑柔润，一点也不粗糙。接着转过头，看到镜子里的项链，马蹄上的粉钻又让她有些忧郁，"你说我套上这马蹄，能不能立刻回到苏州去？"

"哈哈，林太太要回苏州去啦，你家那位公子可是要把你追回来的。"

还是被"林太太"这三个字扎了心，不如叫"林妹妹"才像话，最好有春秋这么好看体己的男孩，才可以相配唱一折戏。对，林楚池的确如父如兄，池子里的太湖石般沉稳，做他妹妹倒是合适，可惜，已经到了这个地步。

只好矢口否认，"我还没有成为'林太太'，你这么着急把我往他身边推？"

归春秋还是那副不知愁的甜蜜面孔，"林太太冰雪聪明，你留下来，我们才有生意做嘛。"

单线程思维，或许是故意装傻，没法跟他解释，似是而非的打情骂俏，这张漂亮的嘴里送出来的话，总是这么引人遐想。不知道会走到哪一步，不如就试探一下，她正色道："那我要看订婚戒指，你有什么好推荐？"一边看他脸上的神情，有没有风吹草动。

归春秋皱起眉头，短暂想了一秒，"店里的款式怕你都觉得俗，不如我思考一下画些草图，你再来挑？"

还没等到她去挑，林楚池就已经提前摊牌了，晚上开车载她一路向西，去了要用一年才能订上的太空餐厅，这个废弃的航天训练基地被某二代承包下来改作餐厅，一直对外界保密，只有预定上的客人才知道它的具体位置。坐在楚池的捷豹电动车里，她透过天窗望向天际，白日刚吹过大风，夜晚的星星高远明朗，她的心微微颤动。林楚池是执着专情的处女座，今夜他的心意，就是夜空中最亮的那颗角宿一，甯鹤不用想就知道他要求婚了，只是这句话来的太急，她还没来得及去珠宝店跟春秋告别。

她只想要她喜欢的，哪怕就挑这一次，可惜林楚池连这个机会也不给，什么都得听他的，什么都是他来选。

两人坐在失重包间里，被绑带束在椅子上，而椅子被有限的链条拴在地上，两人面对面坐着有些滑稽，耳边传来熟悉的《宝玉夜探》，她有些惊讶，直截了当开口："哥，有什么事情要对我说？"

他费力地从口袋中掏出一个盒子，看到盒子的一刹那，她抽一口冷气，错不了，这肯定是归春秋做的戒指。他知道了。

这就有了开头那一幕。

她拒绝了他的求婚，又好言相劝一番，楚池脸上恢复了往日的平静，似乎未流露出半点嫉妒之意，"怎么啦？想什么呢？吃朗姆冰激凌吗？"

他肯定知道了归春秋，但他怎么没问她？她了解楚池，他不是出阴招的人，在两人的感情中他向来步履分明，他的每一步棋，她都清楚得很。当年他们在伦敦跨年，她想都不用想，就知道他会在《神秘博士》主题曲响起来的时候告白。

当音乐响起，她激动地跳着冲着楚池嗷嗷叫，他笑着从怀里变出两只神秘博士运动手环，一只套在她手上，另一只套在自己手上，在一帮喝多了的英国人中，对她嚷道，"Let me be your Doctor！（让我成为你的博士吧！）"她向他抛出那句贯穿了几十年的经典台词，"Doctor who？（哪个博士？）"

他咧开嘴，牙齿在黑暗中闪闪发光，"Doctor who is going to marry you.（将来要娶你的那个博士。）"

警报一样的音乐诡艳扭曲，从伦敦眼中喷出来的烟花天真短暂，她低下头就着黄绿闪光看着那个塑料手环，手环上画着进攻的怪物Dalek，它们叫嚣着"Exterminate!（消灭！）""Exterminate!（消灭！）"，那时她就知道，楚池是什么样的人了，他是解救处女的屠龙骑士，绝对自信，步伐弥坚，当她是游乐场里诱人的商品，想用一个手环，就把她套牢。但又挑不出毛病，丈夫不就是妻子喜欢什么，他就买来什么？

但这次他过分了。

"不，不吃，楚池，朗姆酒放得太多了，你还记得咱们第一次见面吗？"

"那就喝点热水吧，你是不是不舒服？"林楚池有些闪躲，"我叫服务员。"

"是不是一开始，我们就沉醉在了那种不合适的错觉中？小溪调的莫吉托放多了朗姆酒，导致我对你产生了不应该有的依赖……"

"你是不是有些发烧了？"他还是像往常一样伸手贴上她的额头，她把他的手拂走，"别装了，我们面对现实吧。"她知道，只有逼他，他才能说出实话。

"别这样，甯鹤，别这样。"他握住她的手，手心里出了汗，手指一直在抖。

"我不想再吃与朗姆有关的一切，我已经醉了太久，我们不合适，我们不能结婚，现在不能，以后也不能。"

"哼……"他松开她的手，终于冷冷地笑起来，"我就知道你爱上了别人。"

她也笑，也不再忍着哭，眼泪扑簌簌掉，举起手来摆弄那个戒指，"看样子你知道了，不如你说说看。"

"编号Si 916，归春秋。"他在空中的显示屏里调出一段录像，那是归春秋眼中的她，一颦一笑，饱含深情。

"你从未用那种眼神看过我。"他咬牙切齿地看着显示屏里的王甯鹤，声音像被撕裂的鹊桥。

"你自作自受。"她不断地扯着纳米布，把眼泪甩出眼眶。

"你是什么时候知道的？"

"楚池，你真是漏洞百出。我从未告诉他我喜欢什么，每次进店时恰好会听到店里在放，或是他在哼我当日播放了许多次的歌曲，这难道都是巧合？长相完美，精通粤语、昆曲和评弹，普通话又没有一点口音，一个普通人如果那么完美会甘于做珠宝设计师？况且他的手那么柔软，一点茧子也没有，根本就不像是会打磨珠宝的手；他的家在广东佛山，而你家的仿生人制造厂不就在那儿？"

"你继续。"林楚池仿佛有了赞许的意思。

"最致命的一点，楚池，是你把这个'苏州白'开业的消息告诉我的，你知道我爱珠宝，希望我可以时常去散心，别在家里闷坏了。一个正常男人怎么会放心他的女朋友天天幽会另一个漂亮男人，哪怕那人是同志。"

"你还不明白吗？我做这一切都是为了你。"

"你不是为了我，你是为了留住我。你太了解我了，你知道我喜欢什么，就拿出什么来留住我，正因为此，我才感到害怕。" 她的睫毛微微抖动，眼妆花了些，仍旧看着那枚戒指，真正撕破脸，还是难过。

"我知道你喜欢漂亮的脸，我知道你想回苏州，我知道你喜欢评弹，我知道你喜欢港片，我知道你喜欢跨年烟火，哪怕这些我都没有，我都不喜欢，可我也要努力试着去喜欢，因为我喜欢你，我爱你，我想留住你，我想和你有话说。可是我内心深处知道我没法去整成你喜欢的样子，我也没法喜欢上你喜欢的事物，年纪越来越大，我就越来越难假装，但是我怕因此彻底失去你，更怕会出现一个符合你口味的人把你带走，那我想不如我自己去造一个完美的人来陪着你，这样你就不会注目于他人，这就是我费尽心思研发那个仿生人的原因……" 他把眼泪从她的眼眶中拿下来，它们粘在指尖，让他想到童年渴望得到的玻璃球。

"要是这样也就罢了，楚池，你为什么还要给他安上生殖器？一个服务型仿生人为什么会有性功能？难道这点你也做不到？"她笑笑，"你是不是特别想知道我怎么知道的？算了，我的一举一动，都活在你的监视下，你肯定明白。"

"这是我的完美主义，我不能做出一个太监，尤其是我觉得他是我的衍生品……请你原谅我，甯鹤，你原谅我。"

"不，我不会原谅你。"王甯鹤不看他，松鼠指甲划过笼子的叮当声似乎就在耳边，"你的自私和欺骗毁了我对爱的想象。你对我的爱已经开始衰退，还妄想用一个仿生人来拴住我，你竟然还琢磨着让我原谅你？"

"那是因为我觉得，归春秋就是我啊！他用我的编程和设计去和你对话，我用我力所能及的一切给你所需要的，这难道也有错吗？我甚至都可以向你保证，咱们结了婚以后一切照旧，你甚至可以把他带到家里来……"

"别逗了，你是你，他是他，你们是完全不同的两个人。归春秋既然是仿生人，就是一个独立的个体，不然你也不会吃醋。这件事让我发觉，无论怎样，你我早晚也是要分开的，这个仿生人坏了，还会有下一个，我们的感情，不是技术可以解决的。"她缓缓地点了一根烟，"我明天就回苏州去，不必送。"

"甯鹤，那我把他销毁好不好，你忘掉他，我们重新来过，好不好？你想谈多久的恋爱都可以，我不逼你结婚。"

"可我已经爱上他了，我背叛了你。"她凌厉地扫过他的脸。

"不，这不是背叛，他就是我，他就好像是我恋爱的短板，我的爱情义肢，我所不能拥有的那一面，我创造出来了他，他就是我，你爱他，就是爱我。"

"不对，弗兰肯斯坦创造出那个怪物，他会承认那个怪物是他吗？归春秋就像莲藕做的哪吒，不再是你的骨血了。我爱上他，就代表我爱的是你无法拥有的部分，或许我一直都没有……"

"别说了，我不想听。"林楚池虚弱地笑笑，随即恢复了青年商人常有的麻木表情，钝痛隐于皮下，他觉得自己真像一个执行完任务的机器人，关上电源，遁入虚空。他软软地移到她身边，悄悄地握上她冰凉的手指，"我们要壶热姜母茶，给你驱寒，好不好？"

她沉默地啜饮着姜母茶，房间渐渐暗下来，头顶是坐标相对应的模拟星座点，眼角余光看见他的脸上闪动着莹蓝的星光，看不清表情，他长长地叹了口气，压低声音，酸涩泛上舌尖，"你知道，仿生人是不会拥有自主意识的，他对你的千般好，不都是我对你的心意吗？"

"我能听到你的心跳声，你的脉搏终于加速了。"她咬咬嘴唇，"林楚池，你真傻。"

第二天她被北风吵醒，闻到枕头上熟悉的薰衣草味，心里突然生出留恋，转眼看见楚池站在床边，似愁非愁，"什么时候回来？"

"不回来了。"她站起身来，缓缓踱到笼子边，"戒指留给你，松鼠我带走了。"

林楚池没有说话，跟在她后面看着她仔细地梳妆打扮。

"你穿这件最好看，咱们第一次见面你穿的湖蓝色丝绸衬衫。"他举着衬衫，不甘心地看着她，最后再穿一次吧，就算是为了我。

她笑了笑，拿过来随手套上，他一颗一颗纽扣地帮她系好，抬起头来，深望她一眼，他的指尖有些粗糙，滑过她肚皮，有些刺痛。

他们随意吃了早点，豆浆油条咸菜。等到她收拾妥当，把松鼠装进手袋里推门而出的时候，发现归春秋正站在门口，目光有些失焦，两人呆望了对方半晌，反倒是春秋的眼里，最先滚出泪水。

松鼠在手袋里咕咕地闹。

"从哪儿弄的水蒸气？装得还挺像？"她心里复杂，林楚池就站在身后不远处，沉静地看着。

"非如此不可吗？"春秋张开玫瑰花瓣般红润的嘴，一滴眼泪刚好干在唇边。

"非如此不可！"

她推开他就往电梯走，松鼠已经开始嗑包了，它憋得不耐烦了。

"那我也去，你等我！"

没听清是谁说的，电梯门合上了。

致 我 们
所 钟 意 的
黄 油 小 饼 干

杜梨 / 2018

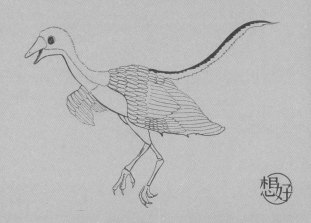

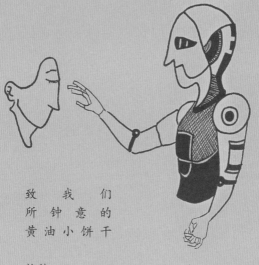

致 我 们
所 钟 意 的
黄 油 小 饼 干

杜梨 / 2018

致 我 们
所 钟 意 的
黄 油 小 饼 干

杜梨 / 2018

致 我 们
所 钟 意 的
黄 油 小 饼 干

杜梨 / 2018

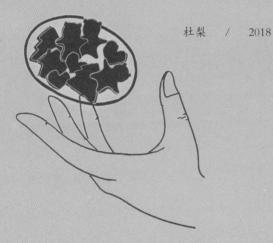

爱人别看星星了，请送别我

当我离开故乡时，我才真正得到了它

　　星灰，见你的前一夜，我梦见了一只巨型乌鸦，他面容英俊，眼珠溜滑，黑色微弯的鸟喙，摸上去质感圆润，颇有哑光的色泽。他从火星的派拉蒙山脉上一跃而下，裹挟着我漂移在星际。

　　我在他的怀里，抚摸着他的脖子，鸟都喜欢被人抚摸脖子和隐蔽在耳羽下的耳洞，他将脖子伸得笔直，将头歪在我身上，我慢慢地抚摸他的脖子，他的黑发一丝不苟，足以让埃及艳后羞愧。渐渐地，他闭上了眼睑，那有灰色浮点的薄眼皮，我想到了小行星擦过太空冰层，留下的破碎星痕。

　　我用手盖住他的耳洞并来回拉扯他的耳翼，他露出一副惊诧茫然又享受的模样，他听见了海浪。他娇腻地低嚷，给我唱妈妈的安眠谣。

卫锦城走到冰箱前，拿出一只菠萝，刚要举起菜刀，脑子里突然响起了小碗的声音："别砍掉它的脑袋！"

他想起要跟她表白的前夕，正是盛产菠萝的四月，那时候城里的菠萝摊子可真多啊。脱掉了橙色的紧身衣，露出丰腴的黄色甜肉，菠萝们顶着漂亮的绿色锯齿脑袋坐在板车上东张西望，金色的阳光下，每一只都非常快乐。小碗一出校门，就看见了水果摊上的菠萝，开心得不行，于是他停好车，在小摊上给她买了一个鲜菠萝。

"别砍掉它的脑袋！菠萝脑袋最可爱！"小碗还很年轻，活泼可爱。

面对老板诧异的眼神，他温和地解释："她觉得这样拿起来方便。"

小碗给他看小时在火星上菠萝田的照片，照片里的天空泛起粉红的烟尘，阳光发出绸样的丝蓝，将熟的菠萝们穿着草裙得意地坐在油棕色的土地上，小碗穿着轻质的防辐射宇宙服在旁搂着一个一米高的绿色菠萝，笑成一朵金盏花。她戴着含有菠萝纤维的防辐射头盔和手套，因而不会被一旁巨型菠萝的头冠刺伤，但那时锦城却因为没有任何保护，被手中的小菠萝头刮出了几道血痕，但他不动声色。

"你猜菠萝是小男孩儿还是小女孩儿？"小碗关掉图片，认真地问他。

"菠萝都是小女孩儿啊。"二十多岁的卫锦城，温和，非常有耐心。

"为什么啊？"

"因为她们都穿着小裙子。"锦城笑了笑。

"对！"她牙齿有点打颤地笑了。

情往深处去，一口菠萝蜜。眼前忽地晃过小碗可爱的笑脸，锦城愣了一秒，停在半空中的刀猛地落下，菠萝的冠叶"砰"地飞了出去，就像那艘即将开往火星的 C1619 次飞船一样坚决。

睡了一年零三个月，终于到了地球，唐星灰因为没钱，一直没有去船上打理过头发和胡子，只是胡乱地借了个皮筋绑着，这是他最后的机会。终于，在北京时间下午五点，星灰乘坐的 C1916 次航班到达了中国首都星际机场。他拖着行李箱从磁悬浮大巴上下来，完全暴露在穹顶之下，没有任何防护装备，他拉低帽檐，感到恐惧。

深受臭氧层空洞和宇宙辐射困扰的火星移民们，只能在火星的人造广场和建筑群上空拉起巨型带电粒子或等离子偏转防护罩来阻挡太阳风、超新星和宇宙未知物体的辐射冲击，如果非要户外作业，只能穿上太空隔离服。很多在火星上生活的人一辈子也没有出过防护罩，靠着每个时区的人造天象来安排起居。

因此，有些火星客第一次来到地球会对广阔的天空产生眩晕和恐惧，更有甚者会晕倒或引发心脏不适，医学上叫做"恐地症"。地球和火星联合事务局还曾对此增补过移民条例，星际旅行者须经过严格的体检和为期一个月的地球模拟生存，有恐地倾向的一律禁止飞行，而通过测试的人们最好选择在当地时间的夜晚到达地球，用以缓冲刚来到地球的不适感。

这就是地球啊，我终于来到地球了，我终于要见到叶小碗了。这是我最后的机会，必须抓住。星灰一边在心里默念，一边努力压制着恐慌，此刻，他就像人类历史上第一只克隆羊多莉那么孤独。头顶被阴云遮蔽的星斗，鼻腔内毫无过滤的空气，地球这匹猛兽，悍然包围他，闯入他的感官，要他臣服于它的野。他瞳孔放大，心跳加速，脚趾抓着鞋，拉行李箱的手也微微发抖，沁出汗来，一种奇异的感觉从他的睾丸声升到喉咙，他突然有些想哭。

　　他强迫自己冷静下来，迅速通过眼镜导航确定了方位，行李箱好像装了一具碎尸那么沉。他感觉他就是箱子里的尸体，此刻奔跑的是无意识的游魂。他想躲进箱子里。

　　小碗生于火星，十三岁时随父亲叶波来到地球进行菠萝贸易。星际运输成本很高，叶波时运不济，几次超载都被宇宙巡警发现了，一次酿成了重大事故：一个储存舱因超载，零件松动，导致了货运飞船爆炸，舱内的人当场死亡。那次过后，他就被吊销了执照，被罚得倾家荡产，火星的凤梨地也全部抵押了出去。叶波自尊心强，不愿就这样回到火星，发誓要在地球上东山再起。于是他就带着小碗定居在了地球，借了熟人贷款，转做凤梨酥生意。

　　和小碗最初在一起时，锦城常常惊异于她在床上的活力，在肉体冲撞的瞬间，他头脑清凉，超越多巴胺的舒适，脱离地心引力的快感。他伏在她身上，缓慢动作时时常能看见她的眼睛，浸了蜜一样的甜，有种异样的吸引，让他禁不住去吻。

因为我从火星来，会发出爱的电波呀。迭起的声浪后，她红着脸这样解释，我们的灵魂在相交啊，这是比肉体更高级的礼遇。

但不知从什么时候起，他再也接收不到她的电波了，他也懒于去找寻那个频道，他也不知道怎么回事，基本的渴望就如对菠萝的食欲一样在消退。他突然发现自己不喜欢吃菠萝，不仅处理起来麻烦，吃多了还会嘴肿。越是过度使用的热情，越容易磨破做旧。

慢慢地，小碗不再带家里新研发的凤梨酥给他，他们也没再一起吃过新鲜菠萝，甚至连吻都消失了，做手工凤梨酥的师傅渐渐退休，只有小碗家的火星凤梨酥生产线还在不知疲惫地运转。

啊，算一算，星灰，我们已经有十三年没见了，而我从火星来地球的那年，我们正好十三岁，还记得你跟我说，让我回地球照顾动物吗？我做到了，来看看我的小动物园吧！陪我去真正的塞伦盖蒂吧！

春分时在湖边摘十三朵桃花，向燥夏的金蝉借十三双薄翼，寒露后寻十三只透明的蜗牛干壳，用圆钻研磨成粉后，配以大雪时节十三坞的雪煮沸服下。之后我们骑马去郊外泡露天温泉，听乌鸦在山楂树上聊天，上岸后吃十三盏梅子酒，十三碟凤梨酥。傍晚同食一碗兰州拉面，把上面漂浮的十三片牛肉都给野外冻得发抖的小猫，邀请它进屋来睡一觉，等到第二天早晨起床后，小猫会发现床上的两个人都不见了。你猜猜，我们去了哪里？

如果把这些数字都乘以十三，能不能弥补我在火星错过的这十三年？

得知你要来地球的那天，我就决定要带你看遍四季的变换，那是在火星无法见到的，只属于我们母星的景色。

唐星灰对地球没什么兴趣，对于什么母星更没什么情结，他拿所有的身家买了来时的船票，就想赌这一把，看叶小碗能不能借他些钱，让他摆脱在火星做凤梨产品的生活，他已经受够了那些受到宇宙射线而变得膨大的菠萝。生平最讨厌的就是菠萝了，每天出厂，浑身上下都是菠萝的发酵后的腥味儿，洗都洗不掉，什么凤梨罐头、凤梨酥、菠萝干、菠萝酒，看着就来气……

他从未忘记过邻居家的叶小碗，因为她的父母是当时凤梨厂的主人。那时他们一起住在火星派拉蒙山脉附近，他住在山上的联排公寓，而她住在山下的独栋别墅。有时下了课，他骑着那辆星际独轮车经过，他能看见她穿着隔离服在院子里呆呆地望天，或是抚摸一只高级的仿生卷毛狗。他看着机器人保姆在她家进进出出，从小货车上提出大包小包的零食和各色玩具书籍，羡慕得不得了，他也想要，但是父母只是火星联防工人，负担不起。

于是有天他穿上自己最好的防护服，走到她家门口，鼓起勇气敲了敲门。红外线扫描了半晌，门上出现小窗子，一个机器人疑惑地看着他（如果转换成人类表情的话），他塞了一张智能纸条，阅后即销毁的那种，既尊严又体面，转身离去。

第二天他骑车经过派拉蒙山脚下，遥遥看见叶小碗依旧坐在花园里，旁边有个菠萝状的小机器人正在给她倒茶，他打算装作满不在乎地骑过去，她却突然站起身来，向他招手。那一瞬间，不知道是不是人造晚霞的作用，他觉得她整个人都散发着菠萝肉的金色碎光。

不，她就是菠萝本身，菠萝之神。

卫锦城是在半年前开始发现不对的，女朋友叶小碗对他总是心不在焉，他在与她说话的时候，她不是在出神，就是在奇怪地笑，傍晚回到家的时候，他总能闻到一股烧煳锅子的味道，但是去厨房看的时候，一切都没有问题，甚至水池的漏网里也找不到一丝除锈的痕迹，而小碗坐在桌边，盯着桌子上的鲜花出神，嘴角总泛起笑容，他常常要叫好几声，小碗才仿佛从梦中醒来一般把目光缓慢地移在他的脸上，那神情明显不是在等他。

卫锦城深陷于爱无能，每天清晨看到两个牙刷在一个杯子里，他都感到深深的恐惧，它们是长在一起了吗？他看见镜子里的自己缓缓拿起牙刷，心里有一种短暂逃离的快慰。两人在一起五年，对生活厌倦，既不愿结婚，也无法分开。他们是住在一颗花生里的两颗花生豆，是捆绑销售的咖啡和炼乳，是火星的凤梨和地球的凤梨酥，无可无不可。大部分情侣都不敢承认，时间久了，爱都会死，而依赖是爱的尸体。他们浮到了一个合适但无趣的刻度，就如泡面盒上那条"注水线"，足够让他泡开一碗面，但也仅仅是眼前的这碗面。

他咨询了一个名为"梅卡德尔"的电子侦探所，希望能找到症结。按照侦探所指示，他给小碗传送简讯时附带了一个木马。他看到她每天都会写一段日记，以前大多是关于她经营的动物园里的动物，近半年来却出现了一个叫星灰的人。五年了，他从未听她提起过。

但有一点很明确，这些文字不是为他而写，他不会吹拉弹唱，也无法变成什么鸟人，他不知道他们有没有上床，但是他感觉她已经和那人有了颅内高潮。

星灰，你知道吗？自从爸爸破产以后，爸妈就分居两地，这么多年，因为繁重的功课和音乐训练，我从没回过火星，我总想到我童年醒来时，常常见不到妈妈，就会光着身子跑到公寓楼下号啕大哭，后面嗡嗡地跟着一只老式的儿童看护机器人，放着《可爱的小猫咪》《小松树快长大》等古老童谣。我对着门外的小花园使劲哭，阴郁的粉红天空透过穹顶渗入到我嘴里，喉咙腥甜，火星将我的母亲夺去。哭到浑身没劲儿，我被一双银色的机器手臂轻轻抱起，它一边播送妈妈的录音，一边将我慢悠悠地送回小床。

星灰，这十三年来，我从没有向别人提起过你的名字，到最后我也不确定，你是否真实存在，还只是我因为思乡情切，臆造出的青梅竹马。我被地球囚禁，而你从火星而来，于恶龙嘴中将我拯救。

唐星灰和小碗玩得很好，至少在他那些残存的记忆里，小碗总是很容易就哈哈大笑，她递给他菠萝汽水，目光盈盈穿过他，打透他。每当这个时候，他都害怕，他怕小碗看出他心底的欲念，那些纠缠在高级游戏和怪兽电影背后的占有欲，想要结识她那不纯粹的动机。紧张，嫉妒，又羞耻。条条大路通罗马，有些人就生在罗马，而他是罗马的入侵者。

小碗对游戏毫无兴趣，但喜欢看他闯关，两人戴上四维头盔，一起在太空中漫游，须要规避小行星、太阳风暴和太空垃圾，打败一个个突如其来的外星人，去每个星球上寻找宝藏。小碗天生对太空充满了恐惧，有银河恐惧症，怕密不透风的繁星，怕扑面而来的黑暗，怕飞船爆炸，怕缺氧弹射，因而总躲在星灰的身后，下意识地抓住他的胳膊。

但地球除外，火星上的物种资源稀缺，但小碗喜欢在小花园里种花，并渴望有动物环绕。游戏里，地球的宝藏就是大批动物，小碗每次都要拉上他去那儿坐上很久，在塞伦盖蒂大草原上看角马迁徙，最后的野象群走在马赛马拉大草原上，孤独的北极熊绝望地抓住断裂的融冰。小碗呆呆地坐着，每每由衷感叹，过了这么多年，人类都上了天，但草食动物仍然固守着英勇的传统，每年都为了生存奋力挣扎、奔跑、牺牲。

唐星灰在心里冷笑，那是因为它们不是你，不是一生下来就有人伺候。但是这个念头一冒出来他就觉得羞愧，不知道为什么自己会冒出如此恶毒的想法。看着小碗漂亮的黑色瞳孔，他的邪恶无处遁形，他想寻找一个两人之间的平衡点，希望在她身上看到一点庸俗，一点不堪，一点恶，好拉她下水，成为他贫穷的同盟，不要总是高高在上，像个圣母。

可她不，她没有，她超出其外，她越过其上。她体态端庄，神情优美，机器人总给她打扮得干干净净，换不同的漂亮发式，好映衬出他的一头蓬发是多么欠打理。他对她身上那股菠萝香水的味道尤其愤怒，为什么这么干净，连他的汗味都能掩盖住？

她是不是故意的？

她施舍她的博爱之心，打开门让他参观家里的旋转餐厅，给地球上的摇摇欲坠疲于奔命的动物，给宇宙中每一个即将消失的粒子，她似乎有源源不断的能量。他厌恶她的好，因为那来自高处，却又不得不承认他近乎于陶醉似的依赖她的好。咽下一口气，他转而表现出轻松，"你可以回地球照顾它们，反正你这么有钱，干什么不行？"不知为何，声调底色诧媚。

小碗吃惊地看着他，角马的蹄音让他紧张，冷汗从后背沁出，完了完了，她肯定看出了我的意思，我以后不能来她家了。但她只是抿嘴笑了笑，"哎呀，你怎么知道，我爸可能要带我去地球了，我还不知该如何向你开口。"

如释重负的同时，他感到一股巨大的失落，他又要回到他那间逼仄的公寓了，再也不能玩星际游戏了，也没有这么多好看的书了。

或许是看出了他的心思，又或许她早就做好了打算，她说："游戏和书都送给你，飞船上带不了那么多东西。"他看着她，微微张开嘴，三角眼里到底不克制地流露出了喜悦。那种感觉就好像木法沙对着辛巴说，早晚这片草原都是你的一样，他细目凝视远方，看到几头母狮终于抓住了一头蹬羚，蹬羚咽气时的眼神让他想到小碗。少年的那点嫉妒悄然瓦解，他悄悄抓起她的手，她的手掌软若无骨，手指冰凉。

她说："我走了，你会想我吗？"他不知道该如何回答。

她继续说："我要回地球去收留那些被人们星际移民后遗弃的动物，它们是我们向行星进军的牺牲品，生于火星，总要为地球做点什么。谢谢你，星灰，你提醒了我。"

"我是恶龙吗？"卫锦城看着她的日记，苦笑。这些事儿你怎么都没告诉过我。

小碗五点起床，开车去十八公里以外的农场，农场的大部分动物都来自各渠道的遗弃。厨房机器人已经按照各种动物的营养结构配好了口粮，工人小王一边打着哈欠一边给动物们分发早午餐，而她则带着扫地机器人去给动物铲粪，做完这些已经是上午十点。喝口茶，接着清点余下食物的种类和数量，观察各种动物的健康情况，记录它们的快乐指数。夏天要给被人抛弃的十只宠物猪冲澡降温，它们肥肥的身体咕叽咕叽地撞在一起，小眼睛幸福而满足地瞥向她们。马厩里有四头老马，五头驴和六头骡子饱受背痛和关节炎困扰，在空调房里打开烤背灯，还要请大夫来做拔罐和针灸调理。孔雀站在树上嚎叫，野鸡在园里走来走去，母鸭又下了几个蛋，小王捡了两个做蛋花汤，给它们留下三个。成群的狗夹着两只冰岛狐跟在她们身后，猫都跳进盒子里避暑，趴在阴凉处懒懒地看着她们。活永远干不完，有时候还会来志愿者添乱。吃午餐的间隙，狗都眼巴巴围着她们，发出婴儿的哼唧声，哈喇子流了一地，抬眼透过小窗户，如果能看到她最喜欢的几只大鹅跳进小绿塘里游泳，便是最大的安慰。傍晚抚摸梅花鹿后驱车离开。

随着自己的事业风生水起，卫锦城越来越觉得小碗的幼稚和单调，她不懂得上进，整天埋头于自己的动物世界。虽然说这没什么不好，富二代总有自己的追求，这也算不赖，但是她对于它们的热情，明显超过了对他的喜欢。

不知道为什么，无论她洗多少遍澡，他总能在她的身上嗅到那股干草、饲料和动物排泄物混合的气息，盖过了在他心里，她曾拥有的菠萝甜香。虽然她辩称，农场的通风设备很好，根本没有异味，自己每天都穿着隔离服，回家还要用高甜的凤梨沐浴露。但他还是觉得哪儿都是她那股味道，甚至发展到他一看见她的信息，就能隔着屏幕嗅出那股异味。

于是连欲望也没了。不光是对她的欲望，还有对其他女人的欲望，都没了。

关于女朋友是个火星富二代的自豪感逐渐在日常的龃龉和冷淡中消散，每当同事开他玩笑的时候，他都摆手笑笑不做声。谁能知道火星来的富二代，从小缺乏父母的关爱，被机器人保姆一手带大，来到地球后又被关在家里练琴上课，长大以后竟把缺失的爱全部以给予的方式滚滚投射于地球的流浪动物，他就算有不满也得忍耐，谁让她就这么一个爱好呢？也许生个孩子会转移她的注意力？

没有感觉。连晨勃都少有了。

对着镜子打好领带，头脑昏沉，镜中是个打了发蜡，把头发梳得一丝不苟的青年，长期规律的健身让肌肉线条透过衬衫隐约可见，但他觉得自己老而迟钝，脑满肠肥，对自身充满了厌恶，并愈加发狠用力，在职场上埋头苦干，在健身房挥汗如雨，在宴席间推杯换盏，不拒绝女同事抛来的媚眼。肉体的钝痛可以减轻心的麻木吗？他不知道。

小碗到家后经常精疲力竭，房间空空荡荡，锦城又去应酬了，只有机器人送来鲜榨果汁。

她开始刷他的信用卡买各式各样的电动玩具，这样一回到家，总不至于孤独，最开心的事情就是拆包裹，拿出新买的玩具、阅读说明书、流线的海豚棒、圆滑的跳蛋、果冻的唇舌，还有可吸食的情趣可可粉，刺激性欲。在浪潮迭起的快感中，她看到的从来不是锦城的脸，而是儿时玩伴长大后的模样，耳鼻口舌被想象撕碎，沸沸扬扬地洒在她的小腹上。

过后是空虚和惯常的羞耻，她默默收起玩具，细细地消毒，像儿时给芭比娃娃缝衣服和梳头发时那样仔细。每次她一被黑暗吓哭，妈妈就给她买芭比娃娃，到了十三岁的时候，她就有了一个芭比娃娃屋。对于叶小碗来说，时间并非呈线性流动，而是张黑胶唱碟，一圈一圈顺着圆心淌下去，除了她的脸在变老，什么也没有改变。童年时的枕边空空荡荡，只有坐成排的塑料橡胶娃娃，带给她许多关于美貌的实体认知，成年后枕边还是堆满了塑料和硅胶做的情趣玩具，带给她美貌应得的肉体愉悦。

夹杂着恐惧的无聊夜晚，她躺在床上，打开墙上的巨幕放成人电影，都是锦城禁止她看的电影，她在巨幕前克制住自己的羞耻之心，掌握了许多美妙的技巧，大胆地学会怎样取悦自己，找到欲罢不能的奇点，她乖嫩执拗的小蛏子，分裂的女朋友。最初，她还会在他回家前把一切都藏起来，把频道调到动物世界，后来随着审美的疲乏（她一共只有三部电影、一部动画片）和体力不支等原因，锦城回到家常能看见她盖着毯子歪在沙发上，手里握着未来得及开封的新玩具，抬头就是巨幅的女性胴体，他看了都脸红。

但他们从来也没有交流过这个问题，卫锦城实在难以启齿，每次入睡前，都会把她的玩具从手里拿出来，放在一边。很快，她的枕边就躺满了情趣玩具，他甚至没地方睡了。

"把你的振动棒放进我的飞机杯，这样我们都拥有了爱情的豁免权。"卫锦城默念着齐泽克的句子，来安慰自己。

又一个夜，当我百无聊赖地打开电影，竟然收到了你要来地球的讯息，那种感觉就如同儿时你我坐在塞伦盖蒂大草原，看见幽蓝长夜里划过白色闪电，内体的群兽嘶鸣攒动，怕飞溅的火星儿，卷起森林大火。从火星而来的飞船轨迹抿舐着太空，从回忆的边缘进入圆心，剪入，切割，笔直而火辣地抵达情欲之瓣，花丛中间竟然浮现你幼年的脸。我感到羞耻。

你在我心中仍然是小时候的样子，白净、害羞、善良，可以陪我在地球待好久，丝毫不担心别的玩家会来掠夺你宝物。我了解你，分土必争，寸土必夺。无论要走多远，哪怕是银河的尽头，你早晚会把那些从你手里抢走的财富一点点夺回来，哪怕只是在游戏里，你不认输。

话说回来，早知地球这么无聊，就不该来，我想妈妈了，我也有些想你。

锦城对我的爱，放在古代就是一种温柔的酷刑。现在每过一天，就像在我的脸上贴一张面膜，第二天喷点水后，再贴一张面膜，看上去是为美貌保鲜，实则杀人不见血。只怕到最后，我被活活憋死，他得到一个印有我脸纹的纸模，非常满意地说："这样才漂亮。"

上周五我说，不如我们周末去看海好不好，他温吞吞地来一句，北京哪里有海？我简直气不打一处来，难道我们就像驴一样围着北京这口磨转了吗？他就不会带着我去秦皇岛，甚至去趟后海吗？为什么在一起久了，他连这点基础的脑筋都没有？

这连浪漫都不算，不过是日常需求。他连这个都不给我。

我不愿把他消磨成丈夫，我只想谈一辈子恋爱。

所以你来了，来得恰到好处，春夜白雨渗透壁毯，百兽奔跑着四散成条，火星飞船进入大气，如果能延续那种类似星际探险的甜蜜，我愿意背叛，背叛几次都可以。

我只是希望活下去，活得不像一张皮，更不是他墙上的装饰物。

这片菠萝地荒了，还有下一片，我爸向来不会浪费时间，还有太多钱去赚。

我知道你不会在乎地球的规矩。

在一家穴地咖啡馆里，唐星灰穿着火星特色的防辐射卫衣，依旧是他最好的一件衣服，见了她才摘下墨镜。奇怪，见了她以后，回到地球的那种星外优越感荡然无存，心情的基准线又退回到了火星派拉蒙别墅那时，微微膨胀，忧伤又狭邪。他甚至抱着看到她憔悴无奈的希望，从少年的神坛上跌落下来，头发蓬乱，眼神疲惫。他知道她家破产了一次，那次事故让火星的凤梨厂易主，派拉蒙别墅也换了主人，但她看起来还是那么光鲜无忧，岁月只是让她变得更美了。

"嗨，小碗，你好。" 他喝着南美的混合咖啡，还是地球上的咖啡便宜些，露出有些不太整齐的牙齿，"地球真的好远啊。"

他把她的手拿过去，从怀里掏出一包火星花的种子，塞到她手里，"呶，你要的花种。"随手打开随身携带的火星菠萝干，拿出来塞到她嘴里，"你走了那么久，怎么也不回来看看？”

“我一直在和地球的小伙子谈恋爱，哪里有空回去？”

“所以我来了啊，我来带你回去，可不可以？”

“我有男朋友了，我们都订婚了。”

“我不在乎。”

“不行。”

“只要你不结婚，我就陪你谈恋爱。我从火星飞到地球来坐到你面前，连恐地症都克服了，你觉得还有什么能难倒我吗？”

作为地球的外来者，唐星灰带着一股行星掠夺者的狠意，想要从这个星球带走一件最合适的纪念品。这种心理从儿时的游戏生发出来，让他身处于入侵的视觉不能自拔，她的出走是一种异质的背叛，回到地球本身是一种文明的退化，而他要做的就是把"被迫流落在地球的"她带回火星。

他缺钱，这是他和叶小碗试探了几个月的结果，如果这次能把叶小碗带回火星，就意味着可以向她父亲要一笔赎金，如果这个方法行不通，可以慢慢地套出她的银行卡密码，再把她神不知鬼不觉地送回地球。反正等她醒悟过来的时候，一切都晚了，星际诉讼的成本那么高，反正她有钱，不在乎，也耗不起。

一见到叶小碗，他就知道，有戏，她还是没变，拿钱堆出来的单纯，还是当初那个用纸条一哄就开门的小姑娘。

莲蓉般的酒窝里浸着忧愁，即使在说起自家的动物园时，也有挥之不去的厌闷。他问她是不是男朋友对她不好，她笑笑说没有，反而热情邀请他来看看自家的动物。

她说，从火星离开的那天早晨，他站在她家门口盯着她看，如菠萝砍刀般凌厉，她坐在那辆白色篷车里，起初觉得难为情，很久以后才回头望向巨大的粉色天空下，身穿白色隔离服的少年远远钉在那里，让她难以自持，她那时候就明白，他一定会追来的。

"我知道你会来的。"她的重音很后，迅速低头喝了一口咖啡，遮掩眼梢的喜色。

星灰心如明镜，他从火星到地球来，不是追随，是狩猎。

依然是当初那样温柔敦厚，她对她的故事一律保持沉默，他什么话也套不出来，只是从她的穿着和打扮上判断她如今的家境，他不知道自打两人重新联络，他就成为了她日记中唯一的倾诉对象。

她给他安排了住宿，也定下了下次的见面时间。

让他惊喜的是，她说地球太闷了，她想回火星看看，正好和他就个伴儿，正中下怀。

女友在日记中的背叛似乎让锦城重新燃起了兴趣，这天他早早回到家，却发现家中空无一人，他不由得有些紧张，看看日记，并无最新的动态。他猜到了，她一定和那个人在一起，那个叫星灰的人，但是他饶有趣味地想知道，他们究竟能进行到哪一步，甚至还有些激动。生活太乏味了，戏剧居然就发生在了自己身上，妙啊。

他不太相信一个什么火星的发小就能把她从自己身边带走。他们谁也离不开谁，即使到了这个地步。这么多年了，他了解小碗。

打开洗手间的灯光，化妆台有什么东西盈盈发光，他过去摸了一下，一手蓝，是那个她很喜欢的加了火星蓝矿石粉的眼影，好久都没涂了。

他想象着小碗在镜前细细地抹额擦粉，上眼妆时她在眼尾拖出一道细长的轨道，纳米睫毛仪把她每一根睫毛向上卷起，她一定会配那个海蓝的睫毛膏。"海然海然……"蒙语的发音很像"海蓝海蓝"，不知怎么，他竟然哼起了这首歌，心情故作轻松。他拉开抽屉，看见柳芽色的夜光口红上有新鲜的指纹，商标也没有对齐。

他想象着她将口红沿着唇纹一点点地旋上去，对着镜子摆出楚楚可怜的神情。她对着镜子把嘴唇咧开，露出那对松鼠的板牙，看起来就像多年前去舞池赴约的朋克少女，热爱午夜街头的菠萝，能在草坪里蹦上一整夜。这让他略有心动，胸口嗡嗡的。上一次她涂这个颜色的口红，还是大学时一起坐磁悬浮列车去海边，天黑了，她的脸在海滩上盈盈地发着光，如水母鼓起身子在沙的上空游荡。他吻她就像去捉一只漫游的甜星果冻，亲得自己嘴唇也染上绿色。两人碎在斑斑点点的柳芽和海蓝色中，空气浸入棒冰的香气，立方晶体折射出他们年轻消瘦的轮廓，上浮的眉眼，浪如春雪。

那时候他们总是特别高兴，特别美，经常面对着就笑得直不起腰，没有任何缘故。

那天他们在海边的帐篷里做完已是凌晨四点，两人决定直接看日出。年轻、生猛、毫无顾忌，连潮水也未能淹没她的声音。她贴在他的胳膊上喃喃自语，我要和你热恋一辈子，每年都要来这么一次，就像东非野生动物大迁徙，我们老到七十岁也要做，好不好？

那天她的屁股把内裤上的小猫脸撑得鼓鼓的，两人躺在帐篷的气垫床上，他想到三岛由纪夫的《潮骚》，岩洞中丰满的少女，想到初次进入的颤栗，三岛温和而湿润的口吻，海边的烈日、细沙、长风都溶于此夜，于心窝灌一小掬。

不知道她今天的内裤是什么颜色？裙子又穿了哪一件？他好奇起来。

镜子里，一只蓝色闪蝶决心要飞过伊瓜苏瀑布。

每天夜里，一看见你的名字从加密电话屏中悄悄浮起，我的心就狂跳不止。我知道你怕在地球的白天出来，所以我们只能在深夜相见。白天我常常想起你，以至于总是烧煳了锅子，我只好手忙脚乱地收拾，在锦城回家之前恢复现场。

你捧了百合站在街边的梧桐树下，让我想起格林童话里的那些深夜出去跳舞的公主，那跟踪她们的士兵偷偷地折下了一根银树枝。路灯在你头顶晕出光环，空气中的颗粒物也那么美，你是午夜的丝绒王子，"小碗，跳舞吗？"声如蜜糖。

你掬出笛子，吹《帕米尔的春天》，舞刚跳了两圈，我就接到了呦呦难产的消息。两人夺命一样地打车赶到动物园，花也忘在了一旁。我至今都记得你轻抚呦呦痛苦的脸，吻它惊慌的大眼睛，在兽医打了四毫升催产素之后，经过呦呦艰难的几次努力，小小鹿终于露出了脑袋……

"呦呦居然没有被你惊着呢。"我们坐在鹿苑外，看着小小鹿蹒跚着追她的母亲。

"我也不知道为什么，"你害羞地笑笑，"我特别喜欢鹿，长颈鹿也好，梅花鹿也好，甚至是已经灭绝的傻狍子，大概是因为火星上看不到的缘故，总觉得它们短短的棕色硬毛光滑可爱，害羞温顺，家养的小鹿，怎么摸都不躲，身上总是香香的，像你。"

"那你回火星的时候，从我这里领一头走吧？"

"你跟我回火星吧，小碗。"你的眼睛紧紧盯着我，像黑果冻闪亮真挚。

"啊？为什么？"

"你是我唯一想带走的小鹿。"

小王实在太累，接生完以后就打车回家了。

"我知道你下不了决心，来让我帮你做这个决定吧。"说着你软软地搂我在怀，手从我的头顶一直滑到尾椎骨，温度烧上脸颊，没想到这么大了，还会像离开时那样脸那么红，好在黑夜遮掩了这细小、平庸、迟早要发生的红。

那双离别时镶在我脑海里的眼，正贴着我的脸。

地球的污染真好，这么浓的霾，没人看得见我们。

那天夜里卫锦城感到危机四伏，他突然醒来，却发现小碗不在身边，他有些迷糊，起身去厕所，那里也没有她，最近的日记都是空白，他知道她在隐瞒，也许她觉得她被窥视了，索性不再写。他一间一间屋子地去找，并未发现她的踪影，小碗放在门口的高跟鞋也不见了，取而代之的是她的毛兔子拖鞋，战栗涌上心头。

卫锦城找了一圈，她没有留下任何纸条，打电话，她也不接。他强迫自己沉住气，躺在床上等她，脑海中却浮现出格林童话里，那十三个深夜偷偷去地下宫殿和王子跳舞的公主，糟糕的想象如馋嘴的鼠一刻不停啃食着他的大脑，他不知道有多少个夜晚她这样不说就偷偷溜出去了，为什么自己竟毫无察觉，实验室的小白鼠出逃了，他没有关紧她的笼子。被观察的对象突然逃脱掌控，这让他有些措手不及。他嘿嘿冷笑，起床打开一瓶 2013 年的红酒。

迷迷糊糊中，他听见音乐停了，身边一沉，知道小碗回来了，便挣扎着转身，还未睁眼，他便闻到一股新鲜的泥土气和说不清的腥臊，还有浓烈的百合香，他摸索着去拽她的胳膊，她一翻身便躲开了，他睁开眼睛，看到黑暗中那个纤细的背影，低声发问，"这么晚去哪儿了？"

她的肩膀微颤，似乎还没有平复过来，他听见她长出了一口气。

"我问你去哪儿了？"

"动物园出事了。"

"为什么不接电话？"

"呦呦难产。"

"呦呦是谁？"

叶小碗不再回答，卫锦城等了一会儿，又用手去掰她的肩膀，小碗不耐烦地低吼一声，"别碰我，我很累！"

卫锦城气得翻了个身，半梦半醒间，很快就到了黎明。

醒来后，那股百合味道似乎还在。他对百合有些过敏，百合对于家里的猫有轻微的毒性，他不明白小碗为何突然带百合花回来，她也从不涂有百合花味的香水。他起床后四处找寻，却没有发现百合的任何痕迹，青色的骨瓷花瓶里空空荡荡。懊恼之际，他换鞋去上班，瞥见小碗高跟鞋上的干泥，又想，真有急事出去，会穿高跟鞋？

这样想着，他又折返回卧室，凝视着和衣而睡的小碗，发现她嘴唇比平时要红。

他只感到悲哀。

小碗准备菜时不再是四菜一汤，而是简单的炒菜和色拉，卫锦城吃得窝火，便挑三拣四，问她为何如此漫不经心。小碗反问："你在家的时间有多少？你又回来吃过几次？"

"行"，卫锦城冷笑两声，压着怒火低头夹菜。桌子上的花换得更加频繁，实在忍不住，"你这样天天换花，花园迟早要被你祸害完吧？"

小碗在厨房，把盘子一个一个摆在洗碗机上，叮咣碰撞中装作没有听到锦城的责问。

卫锦城盯着桌子上的红花看了一会儿，发现好像在哪儿见过这花，但一时又想不起来。于是他只好换了个话题："你那晚说的呦呦，到底是什么？"

"我真是不明白你到底怎么回事！"叶小碗重重地甩上洗碗机的门，走到他面前，竖起两道眉毛，"怎么什么你都记不住！呦呦不是咱们一起救助回来的小梅花鹿吗！"

"……我忘了……"

"那请问你记得住什么？昨天我说了在动物园加班了，你转眼就问我是不是要去学琵琶？前天我说了我去学琴了，你转眼又问我怎么不去动物园视察？我那天凌晨回来，你没有问过我累不累反而问我为什么不接电话？！"

"我没有……"

"你没有，那么请问，我的联络戒里怎么会被安插了信息追踪软件？"

"那我不知道，我怎么会知道你那个戒指是怎么回事！每个联络指环都是记录了拥有人的DNA、指纹和体表恒温的，你知道我打不开它，它对我来说和普通的戒指没有任何区别！"按理说她是科技盲，绝对不会察觉。

"好，你不承认就算了。"小碗叹口气，"你可以有一万种方式入侵我的联络戒，可你忘了最重要的一点，我才是最需要被入侵的那个。"

"呵呵，"卫锦城冷笑道，"所以你就半夜穿高跟鞋出去和你的情人幽会？还骗我！"

"够了！"小碗重重地踹了一脚冰箱门，"分手吧！"

"你对我就这个态度！"他拿起外套摔门而出。

走在街上，到处都是铺天盖地的火星移民宣传，宣传那里的人造氧吧与和谐的小区环境，还配有火星移民吃着各色热带水果的样子，他忽然想到小碗家原来就是做火星菠萝生意的，心里就像被菠萝叶子扎了一样难受。

呵呵，火星有什么好，地球虽然污染严重，可是没有致命的宇宙射线。他默默想着，忽然看到了火星广告右下角的五维logo，正与他早晨看到的花类似，原来是火星花。

原来是那人送的花。他嗤笑一声，真相大白。

也许一个贼偷走了你的心，又或许我们就是无疾而终。

百分之七十五，星灰对镜子刮着胡子，得意地估算着小碗回火星的进度，从小就玩的游戏告诉他，对任何事都有个明晰的进度值让他不慌不忙，自然坦荡。小碗来到他的临时住所，双手环膝坐在沙发上，像苔绿色沙发上长出的一朵小花，脸色戚戚，为即将发生的背叛。

他走过去，把她抱在怀里，吻她的眼睛，问她为什么不开心。

她有些躲闪，心里或许还在想着晚饭的菜谱，真是绝望的主妇。他心底嗤笑一声，想知道她的男朋友最初是怎么哄她解开扣子的，是否也是这样一脸受害者神情，他看见她的脸上浮现出陌生和犹疑。他没有多大变化，但是这种熟悉不足以唤起情欲，他还没有从她眼睛里看出那种放浪。他厌恶这种缓慢剥开礼物的仪式感，她不像他在火星遇到的那些女孩，只要进入房间，就可以单刀直入。

他把手放在她的腰腹，缓慢地一路下移，只要完成了这一步，她就会因羞耻感和终身不宁的背叛，与自己一起回归火星，再不踏入地球半步。而他只要得到她的钱，就能在派拉蒙山脚下修一个更大的别墅，而每个房间里都住着不同的女人，只要他随意推开其中的一扇门，都有湿润的海贝可供啜饮。

一想到这里，他的下体应声蓬起，用舌头掰开她的嘴唇，咬她的舌尖，他睁着眼睛，她也睁着眼睛。

没有性生活的感情，能称为爱吗？锦城对我的身体早就丧失了探索的兴趣，一切在地球上，来得太过容易，就像潮汐般自然，如果我回到火星，会不会让我们趋近死亡的关系起死回生？常人贵远贱近，古已有之。当我漂流于星际，地球上的爱人会抬起头吗？

　　动物园的事情，我已经托小王再招人打理一段时间，我今天从花园里摘了三朵火星花插在花瓶里，意在告诉锦城，我想要回火星冷静一段时间，我已经有十多年没有回到派拉蒙山脚下的别墅了，我想回去看看妈妈。

　　尽管父亲苦口婆心劝了母亲很多次，她还是一次一次拒绝，一次比一次不耐烦，最终她拒绝接父亲的通讯，之后我们再也没能联系上她，很多不舍，最终只能沉于银河。

　　可是我好想妈妈，我想，是时候回去看看了。

　　再见了，地球。

　　再见了，锦城。

　　卫锦城看到这段日记时，刚喝了一杯曼特宁，心跳奇快，阳光刺眼，睫毛湿得厉害。他默不作声地给她发语音和视频，全部无法接通，她的定位，也没有显示。

　　梅卡德尔软件查询显示，这段日记和其他日记是对他定向发送的，原来她早就知道。

　　这些日志根本就不是写给那个叫星灰的，而是故意写给他看的。她就想激怒他，让他嫉妒，把静如死水的生活砸出波纹。而他一直冷笑地看着这些日记，不为所动，保持他的无力和沉闷，装作什么也没有发生，只要回家有饭吃，自我的世界尚能保持圆满，他看她如看折子戏，过过眼瘾。

　　他站起身来，交代了一下工作，转身开车回家。拧开门，发现家里被翻得像龙卷风，家用机器人默默地在地上旋转打扫，还唱着欢乐颂，他怔在原地，喉咙里挤出哼哼声，眼泪止不住地往下流，他哆哆嗦嗦摸出岳父的联络码，说小碗回火星了，要去找她妈妈。

"胡闹！她妈妈早就去世了，那年她运送菠萝来地球，飞船因为超载脱轨爆炸，是我给小碗清除了记忆，还一直瞒着她是我们离婚了，她现在回火星，这不就暴露了吗？你让她怎么受得了？"

"她在日记里说，她是和一个叫星灰的人一起回去的……"

"什么？你既然知道，你怎么不拦着她？你知不知道那个叫唐星灰的人是个什么人？小碗小时候，他们一起玩，他还从东非大裂谷上把她推下去过，吓得小碗好几天都做噩梦，但他第二天还跟没事人一样来我们家玩，就是从那次以后，我才决定把小碗带到地球来的，他爸妈当时在工地工作，经常领头闹罢工，达到要求后又不好好干活……这种人，你不躲得远一些……"

卫锦城抹了一把脸，手指冰冷，他感觉自己还是大学时期的那个男孩儿，慌乱无措。

"还愣着干什么呢！赶紧订下一班去火星的飞船，把小碗找回来啊！"

"叔叔我这边工作很忙，可能走不开，能不能……"

那边电话断了。

两人睡醒后，下了飞船，唐星灰带小碗来到了派拉蒙区，小碗想回到曾经的别墅看看，却发现门禁早已打不开，门窗皆落上一层灰，透过琉璃，依稀可以见到家中的一排古典机器人垂头靠墙站着。看到小碗驻足良久，星灰不由得笑起来，"看什么呢？这里面早就没人住了！政府挂牌出售呢，一直没人买，说是风水不好，净出事儿。"

"怎么会？我妈妈就住在这里啊，没有听我爸说她搬家了啊，你看我家的陈设还在……"

"小碗，你是不是在逗我？你妈妈不早就去世了吗？火星人都知道啊……"

"什么？……"小碗回过头来，瞪大了眼睛，泪水从下眼眶涌上来，唐星灰吃了一惊。

"你不知道吗？那么大的事……"

小碗趴在门窗上，呜呜地哭起来，哭得唐星灰扶都扶不起来，这无疑打乱了他的计划，不过也好，乱世下山，盛世闭关，趁着她脆弱的时候，正好下手。

等到小碗哭得没了声息，他就把小碗背起来，一步一步地向山上的公寓走去，爸妈早就住到了乡下，公寓里只有他一人。他把小碗放在沙发上，她轻得就像毛边纸，晃晃悠悠地没了轮廓，他把她的钱包从包里翻出来，说给她出去买些吃的，小碗一声也不出，眼睛也没眨。小碗有张星际信用黑卡，没有密码，他看见过她刷卡。只要有了这张卡，就可以满足他在火星上的一切生活。

唐星灰深深地吸了一口气，终于成功了，平日觉得阴郁憋闷的粉色天空，今天看起来竟如此绚烂。他决定去超市买上一堆平时不敢买的食品，好好地享受一番。当他兴致勃勃地吹着口哨，推着购物车去收银台结账的时候，却发现卡被冻结了。

他气急败坏地冲回家准备质问小碗，发现门开着，小碗的行李还在，人没了。他又冲出家门，跑到山脚下的别墅那儿一看，她果然在花园里坐着，面带痴笑，看见他，忽然站起身来，向他招手。

他转身就跑。

小碗的父亲叶波在她上了飞船以后，就冻结了她的星际银行信用黑卡，小碗可以用身上的芯片来进行生活消费。他拜托自己在火星上的朋友把小碗接走，好好照顾，在飞船上，他没有进入睡眠，而是随时监测女儿的状况。小碗一直拒绝通话，他听朋友说，她的精神状态不太好，意外事件唤醒了她曾经的痛苦记忆，双重刺激下，她每周都会跑到派拉蒙山脚下的别墅的花园里坐着，他们不得不把她送进火星疗养院。

地球不是地球，火星不是火星。

我活在一场又一场的骗局里。

别恨我。

这是卫锦城看到她发的最后一段日记。他仰起头，大白天的，看不见一颗星星。

杀死肿瘤，杀死爱

①

　　"别担心，只要那个纳米机器人一接触到那个肿瘤，它就会立刻分裂，注入药物，你的肿瘤就会被彻底清除。"护士打开无影灯，用机械扩开艾渔的鼻孔，经过两次冲洗后，邢医生把电子鼻窥镜伸进他鼻腔里做术前检查。

　　艾渔天灵盖上的筋一抽，闭紧眼睛，死死抓住身下的单子，盘古保佑，求您了。

　　"开始了啊，小伙子。"机械手抓着一根银针往他鼻孔里伸进去。

　　"滋……"鼻腔里的所有细胞都被这个噪音吵醒了。一个紧闭着双眼的白色小人儿被一根银色的针送了进来，消毒水的气味分子在鼻腔里扩散开来。

"他是为她来的，"他们交头接耳，"啊……终于有人来治她了……"他们兴奋不已，他们已经受够了她的专横统治。事实上，这些细胞在她面前只能是自寻死路，即使是最英勇的免疫骑士们，也是死了一批又一批，白白地冲锋陷阵，但他们从未放弃，充满了童话般的英雄主义。

突然，小人儿停住了，银针撤了出去。白细胞们都吓了一跳。短暂的交流过后，他们把自己的身体压缩成小饼，飞快地穿过细胞壁，奔向那个小人儿。

"Nanose375？"一个嗜中性粒细胞念出了小人儿身上的字。

"是他的民（名）字对吗？"嗅细胞们梳了梳她们的嗅丝，支持细胞贴着她们的脸蛋儿软软地说着情话。嗅细胞们懒懒地躺在鼻甲处，好多日不曾上工，只顾浓情蜜意，"它闻起来和上次的那个喷雾不一样啊，你们还记得上次那水粒说什么吗？他们是为了嗅觉失灵来的？"

"得了，别说了，"单核白细胞嚷嚷，"你说得就跟你能闻到一样。"

"哟喂，白先生，如果当初你们在她还小的时候就把她杀了，大家至于沦落到今天这个地步？我们现在连中枢都过不去！"嗅细胞们甩了甩嗅丝，一边哭一边嚷，她们的声音自鼻甲处传来，震得整个鼻腔嗡嗡作响，杯状细胞见状立刻分泌了好多黏蛋白来安慰她们，本来就闻不到味儿，再一刺激鼻窦，惊着了上面那个肿物，大家谁都没有好日子过。

银针突然从艾渔的鼻腔里撤了出来，还有部分鼻涕，医生有些诧异。艾渔只觉得有样东西在鼻腔里扎了一下，鸡皮疙瘩爬上了膀子。

"程序出了点问题，不应该这么快的。"邢医生说，他关掉机器，迅速地用棉球擦了一下艾渔的鼻涕，再次把那个带着探测器的小钩子伸进他鼻腔里，"小张，纳米机器人进去了吗？"

小张护士看了看银针上的数据，把其顶部的弹射器摘下，放在显微镜下观察，纳米药物不见了，"进去了，但它没有到达指定地点。"

"这个纳米机器人没到位？按理说不应该啊，"医生皱了皱眉头，"如果接不到纳米针的命令，手术没法进行啊。"

"那……怎么办？"艾渔勉强睁开眼睛，鼻腔到胸口开进了一辆小挖土机，嗡嗡地颤。

"我再把针伸进去用纳米声波找一下它，别担心，没事儿。"医生给纳米针换了个带纳米摄像的消毒针头，按下了机械手的开关。

"都别吵了！"红细胞和血小板从毛细血管的小口中飞溅出来，高声劝阻。银针刺破了几根血管。

"你们会把他冲走的！"嗜中性粒细胞意识到了问题的严重性，他们用柔软的身体团团黏住那只纳米机器人，眼睁睁地看着小红和小板被针头吸走。

"再见了，我的朋友们！"小红们哀婉地尖叫，她们扣住了自己圆圆的腰窝，企图来平衡那股强大的引力波。

"你怎么能这么对我们妹妹？她们招谁惹谁了？"嗜酸性粒细胞们冲到纳米针前，"谁让你随随便便进来的？你跟谁说了？"

"把 Nanose375 还给我。"金属声音镇定如冰。

"不行！这是我们的猎物！你不能把他带走！"

一部分细胞作掩护，一部分细胞努力把小纳米人往鼻腔深处拖。

"啊！"微小的动静从鼻腔里传来，艾渔眼角激起了泪，一股热流从鼻腔里冲出来。是血。想都不用想。

"小伙子，你的血管壁有点儿薄啊，以前没焊过吧？"机械手撤出，医生熟练地把血擦干净。

"尼（您）……找到了吗？"

"还没有呢，现在看来是不太好找了，它可能已经被白细胞给吞了，或者顺着你的呼吸道下去了。"

艾渔的恐惧陡增。

医生把扩鼻器从他鼻子上摘掉，"这样，我给你开点控制纳米的药，你先观察几天，看看没什么特殊的反应，你再约个时间过来。"

"可是，医生……"

"如果你突然感觉烧心，胸口不舒服，赶紧吃，它会立刻把纳米机器人杀死在体内，不过这药副作用也特大，所谓'杀敌一千，自损八百'，在地毯式的清理过程中也会杀死大量的免疫细胞，所以不到万不得已，千万别吃。"

"那我这鼻子里的肿瘤……"

"你再和护士约个时间，看看情况，再做一次纳米手术吧，到时候你选择保守治疗也行，不过那样切的组织也多，后期康复麻烦。"

"好吧。"艾渔缓慢地从病床上下来，胸前还系着蓝色的塑料围兜，不知是不是心理作用，鼻咽处总觉得堵得慌，脖子上的淋巴结还是肿的，他装作整理头发，悄悄蹭掉泪痕，一面尴尬地道谢一面在心里骂纳米手术，虽然他知道这是目前最有效也是最安全的肿瘤治疗方案。

"哦，对了，那个纳米控制的药不在医保里。"

"那还是算了吧……"

"我们现在怎么办？"白细胞们对于眼前这个透明小人儿都束手无策了。

"我们确信他是为她而来的，因为他闻起来有股消毒水的味道，我的记忆告诉我，他没有问题。"T细胞说。

"我觉得我们应该杀了他，"B细胞一向亢奋，"他也许是我们的敌人。"

"不，我们不这么认为。"嗜酸性细胞和嗜碱性细胞扭了扭他们圆圆的身体，绕着小纳米人儿转圈，把他们温暖的小脸贴到他冰冷的身体上，细细地嗅他，"他闻起来和那些脏家伙不一样。"

"好吧，"中性粒细胞粒细胞说，"那我们商量一下怎么让他来帮助咱们杀了她。"

自然杀伤细胞拍手称快，连B细胞也点了点头。

在与她的日常斗争中，白细胞们都已经精疲力竭，被吞噬细胞含在嘴里的纳米小人儿是他们唯一的希望，他长得不像多变的病原，也不像粗鲁的重金属，闭着眼睛的他看起来非常温柔。白细胞们对他的身份有些困惑，他们见过各色药物分子，她们貌美且凶悍，一进来就杀得细菌们片甲不留，有的时候还会误伤无辜的细胞。但他与她们不同，他们从他身上嗅到了一个前所未有的外部世界。

外界是什么样的？他们不知道，谁也没见过。一旦他们到了外面，他们就再也回不来了。只要一想起这件事，他们就徒生伤感。虽然有些遗憾，但他们从不退缩，一有入侵者，他们依然会冲在最前，用赤子的忠诚献祭，他们最终会变成鼻涕，脓液，白带……以各种不堪的面目排出体外，和生平最恨的细菌一起飞进垃圾桶，被自己所奉献一生的人深恶痛绝。争吵和摇滚乐让毛细胞萎靡不振，抽烟和空气污染诱使呼吸道细胞癌变，酗酒和吃烫食杀死消化道黏膜上皮细胞，哪怕他们被身体的选择背叛过千百回，他们还是忠于身体，直到死亡。

除了她，肿瘤 Ca+。

艾渔一出门，就被佩佩一把薅住，"怎么样了咪咪？手术怎么样？疼不疼？"

见到佩佩就像靠了岸，他张了张嘴，沮丧和委屈一齐涌上眼底，他仰起头忍着。

"失败了……"坐在长椅上半晌，他开口了，尾音嘶哑，脸是麻的。

"为什么？怎么会？"

他把头靠在她肩上，说明了经过，"我不想再预约手术了，不仅遭罪还花钱，就这样吧。"

"现在你身体里的那个机器人呢？这明显就是一次医疗事故，他们得负责！我去找医生！"说着佩佩就站起来要往诊室里冲。

"别去了，医生说先观察几天，让它自然死亡。"艾渔拽住她，提高了音量，"我不做这个手术了，咱们回家吧。"

"咱们得起诉，得告他们！还邢医生，邢医生行个屁！"佩佩愤怒地盯着手术室的那盏红灯，把他攥得骨头疼。

"告他们不要钱吗？我难受，我想回家，咱们回家吧。"艾渔软软地挥了挥手。

佩佩刚想说他，一见她男朋友瘫在医院长椅上的可怜样就泄了气，她强迫自己冷静下来。这么多年来，艾渔在各种事情上步步退让，大到手术事故，小到市场买菜，别人在他的利益上动刀，他从来都逆来顺受。他不懂拒绝，经常被领导和各种朋友拉出去抽烟喝酒，往往到深夜才回来，要不也不至于得这病。

"好了咪咪，"她语气软下来，用手呼噜了一下他的头，"咱们回家再说，我给你做点好吃的，先去把药开了吧。"

"嗯，我去吧，你在车里等我。"鼻里一抽，又要流鼻血了，艾渔急忙转身去取药，可不能让她瞧见，她一看见，又得急哭。

"也许我们能唤醒他也说不定呢。"中性粒细胞说。

"但是你们打算怎么办呢？"小红们从一根破损的血管里钻出来，"我们先出去打探打探消息？"

T 细胞无奈地笑笑，"你们走了，就再也回不来了。"

"……"红细胞和血小板连叹息都来不及，就滑走了。

"要不咱们去肺里找巨噬家族？他们见多识广。"两只马蹄形的单核细胞相视一笑，他们都知道，自从她变异以来，一部分巨噬细胞已经被她蛊惑做了她的臣民，背叛了组织。他们进入肺部，势必也会变成巨噬细胞，同时也将面临双重考验。细胞分化不可逆，就如人生。

②

"走吧。"

中性粒细胞释放出溶酶体酶，将小纳米人儿紧紧地包裹在体内。白细胞们组成一个纵行方队，自然杀伤细胞走在最前，他们悄悄地向肺部前行，不敢惊动鼻咽处的叛变组织，如果一时失足被捕获，就再也没有了回头路。

"骨髓里来的蠢货又送上门来了，真是找死，"她恶狠狠地吞下几只嗜酸性细胞，笑道，"你们怎么就不懂？我们已经开始变异了，早晚会穿过各种结缔组织转移到全身的。"

小伙子，如今这个世界，只要你活得够久，你早晚有一天会得癌症的。环境污染太严重了，即使到了咱们纳米医学的时代，鼻咽癌的预后依旧不乐观。

佩佩在厨房忙碌，艾渔躺在沙发上，脸和脖子仍旧是麻的，药劲儿还没有褪去，他反复地回想从发现病情到手术失败的整个过程，想起医生的话，脑袋眩晕。

　　从年初开始就头疼得厉害，一吐鼻涕总有血，他总觉得是鼻窦炎严重了。直到有天踢完球，鼻血流不停，去医院做了检查才发现，鼻咽有了肿瘤，已经有了浸润的表现。

　　拿到检验结果的那天下午，艾渔向单位请了假，骑独轮小车从东四到天坛去看花。那天北京特别干净，空气很鲜，他第一次发现祈年殿和皇干殿上的蓝色琉璃瓦是那么好看，他以前一直都不知道天坛是蓝色的，他长久地凝望着那波光灼耀的深蓝，半透明似胶状的海浪，翻滚在扇形的穹弯，看得额头滚烫，眼前不时地蹦出几只斑斓的金蟾，鼻里忽地又涌出一阵热流，他慌忙用手去接，一手殷红。

　　深蓝，鲜红，草木，虫鱼。他仰起头，大口大口地往里咽血，喉咙生疼。他慢慢地走到一边的古树，把手上的血蹭到树皮上，等血不流了，再去看月季花。花开得很美，他愿意死在这个时候，可佩佩怎么办？他向圜丘的方向走去，据说站在天心石上许愿，上天听得最清楚。

　　他和佩佩大学就认识了，很自然就走到了一起，毕业后来到北京打拼，在同居的小屋里，他们养了一只小松鼠叫咕咕，人生中最好的时光，都是和它一起度过的。因为他们疲于奔命，没时间照顾松鼠，小魔王被关在大笼子里，运动量不足，缺钙严重，后腿无力，已经跳不起来了。

　　为此佩佩总是埋怨他应酬太多，晚上家里空空荡荡，她一个人也不敢出去遛松鼠，她和松鼠一样胆小。他们为此吵了很多次，他觉得她们都变得越来越衰弱，敏感，神经质。

癌 Ca+ 梳着菜花头，住在鼻咽侧壁，巨噬细胞每天都会给她奉上新鲜的细胞大餐，嗜酸性细胞可以做开胃菜，小淋巴细胞是鲜花玫瑰饼，组织细胞嚼起来嘎嘣脆，中性粒细胞的三叶核最好吃，浆细胞吃起来满口流油……她喜欢看着自己变得肥美多汁、妖娆多情，听那些细胞哀号，她感觉幸福。

她曾是一个普通的上皮细胞，每日受尽空气污染的折磨，没有人知道她是谁，也没有人在乎，如果不是那天，她亲眼看到了一个杀手 T 细胞因过劳死，被巨噬细胞清扫吞没的场景，她会过完作为一个细胞最普通的一生。

白细胞为身体卖命竟落得如此下场，不甘和愤怒让她浑身发抖。受到潜伏的 EB 病毒的挑唆，她把想法悄悄地传给了身边的细胞，不料，被重污染折磨得死去活来的她们竟然都同意反抗，与其作为普通细胞苟延残喘，不如撕下善的伪装，占山为王，她顺理成章地做了头领。

从天坛出来，他和佩佩约好了去宫园给咕咕买墨鱼骨补钙，他不知道怎么和她说。在花鸟鱼市，成群的小仓鼠与排泄物一起睡在木屑里，像一锅毛汤圆；猫和猫砂一起锁在笼子里，总一脸委屈；小鸟们挤挤挨挨地在笼里转不开身，脚底下都是层叠的粪便。原来看到这些，他们都觉得窝心，笼养的小动物们和排泄物一起生活，多不幸福。

人也是吧，人就是锁在沙箱里的海绵，在自己制造的垃圾上滚来滚去，沾满废物后大病一场，死后化作有毒的肥料。想到这里，他又低头看了看电子诊断单，冷笑两声，屏幕花了。

细胞恶变，首先要躲过免疫细胞的轮回监控，还好身体一直处于亚健康状态，免疫细胞都很疲软。借助一次发炎，她们开始了疯狂的增殖，巧妙地躲过了数次白细胞的监察，逐渐集成了一支暗夜的叛变集团，互相鼓励，共享营养乃至反目厮杀，在无限的分裂中获得地狱般的快感。

闻风前来的杀手 T 细胞被她们妖冶和哭诉打动了，她们利用甜腻腻的花言巧语和花样百出的技巧让杀手 T 不知所措，什么是对的？是 DNA 刻录的忠诚还是自由迷人的背叛？他们一时间全部装聋作哑，做了傀儡。

世上没有永远的忠诚，即使单纯如细胞，也不例外。

他不知道的是，佩佩也不知如何向他开口，她不想待北京了，她想回东北老家。家里三番四次打电话让她回去，说那边已经都给她安排好了，工作轻松，衣食无忧，还打算给她介绍个不错的对象，不抽烟不喝酒。

买完墨鱼骨，一旁的塑料箱里是今年的头窝小松鼠，它们闭着眼睛团贴在一起，佩佩看了，心里潮湿。兴安岭原本有很多松鼠，可以不受囚禁，在森林里自由奔跑，自从宠物松鼠产业兴起后，很多幼鼠都因掏窝、运输和饲养不当而死于非命。她要带着松鼠回东北，立刻，马上。想到这里，她鼓足了勇气，刚想开口，却撞见了艾渔红肿的眼，心里咯噔一声。

艾渔家境不好，怕父母担心，没有告诉他们，只是借口自己需要钱创业，向家里要了些钱。佩佩想了一夜，还是留了下来，把父母为她存入的信托基金一股脑提出，第二天立刻去医院向医生了解病情，并且不顾艾渔的反对，为他预约了花费高昂的纳米手术。

Ca+ 旗下的巨噬细胞不断地释放各种因子来引诱各色细胞去她身边，以自然杀伤细胞为首的白细胞冲过去开始攻击她，他们的 DNA 纯净，细胞膜发光，对着逃逸的中性粒细胞大喊，"跑！快跑！"厮杀声响彻颅骨。

艾渔又开始耳鸣了。

终于，两个中性粒细胞穿过重重叠嶂，拖着破损不堪的身体，来到了肺泡里。他们缓缓吐出那个紧闭双眼的小纳米人儿，释放出受伤的组织胺，肺泡里的巨噬细胞也开始释放出细胞因子，他们一起引导前来的单核白细胞变身，单核白细胞的马蹄核逐渐变得圆润膨胀，"嘭"！它们炸成了丰满的巨噬细胞。"巨噬，"中性粒细胞发出最后一个信号，"我们已经完成了使命，请照顾好他。"说罢它们就死了，新生的巨噬细胞伸出伪足把他们搂入怀里，悲伤地吃掉了他们，"再见，我们很快就会再见的。"

肺泡里的巨噬家族已经在这里待了有两个月了，他们吞掉了很多粉尘和细菌，同时也囚禁了一些重金属，作为寿命比较长的吞噬细胞，他们同样也拿纳米小人儿手足无措，于是他们转向肺泡里沉淀的镉、镍和铅，"你们都是从外面来的，见过像他一样的小人儿吗？"铅咕咕哝哝，"不知道，我没有见过它，我觉得它的背后应该有一个红按钮。"

"我知道，你应该先打开它的后背，"镉打着嗝说，"我过去在工厂的时候，看见人们都是这么做的。"

他们很快就在小人儿的背后找到了一扇微小的门，重金属比巨噬细胞力气更大，他们合力掀开了他背后的门，门开了，他们看到他身上有三个不同颜色的小瓶子。一时间所有细胞都聚拢过来了，巨噬细胞惊异于他美丽精巧的结构，他们用伪足抚摸着那些瓶子，喜欢得不得了。

艾渔家挨着石化厂，从小就看着大烟囱往外冒黑烟，那时候谁见了大烟囱都觉得那是一派欣欣向荣，后来很多石化厂子弟都得了呼吸道疾病，他觉得自己的鼻咽癌也跟那个石化厂脱不了干系。

佩佩从厨房里端了煮毛豆和少油寡盐的茄子玉米鸡出来，一粒粒剥出来放到艾渔手心，艾渔最近口腔有点溃疡，一吃东西就疼，所以嚼嚼就胡乱咽下去了。

"佩佩，我对不住你。"艾渔握着她的手。

"别老想些没用的。"佩佩面不改色，给他拣茄子玉米鸡吃。

"咱们以后咋办？"

"先把手术做了。"佩佩站起来，去看笼子里入睡的松鼠。

"我是说咱俩。"

镉、镍、铅等重金属退到一边，给过来的细胞让路，他们生来无辜，却走错了路。

"我们也有过这种万众瞩目的时候。"重金属们缩在角落里，软绵绵地聊天。

"我们在地下的时候是银蓝色的，和这个小人儿差不多，我们的家族还曾作为罐头皮去过北极。"铅很得意。

"然后你们毒死了一些英国科考队员，他们死的时候骨皮发黑，都不知道怎么死的。"镍反驳道，"我是在石化厂的收音机里听到的。"

"镍，你别忘了是你引诱了那个细胞的恶变。"身为铅的共生金属镉，见不得镍说铅。

"呵呵，镉你别忘了你也刺激呼吸管子，"镍冷笑道，"我只不过是她叛变的一个借口罢了。"

"都别吵了……"巨噬细胞转过来对他们怒目而视，"如果我有能力，我早就能杀了你们。"

"我这病治不好，治好了也活不了多久，我不能让你跟着我一辈子担惊受怕。"

重金属们翻了个白眼，"巨噬你真可怜，你的兄弟早就背叛了你，去为那个肿瘤皇后卖命，这个身体早晚会属于她，你只有死路一条，又何必对人尽忠？谁会记得你？我们也曾忠于工业信仰，相信人能给我们一个更好的未来，为此我们受过地狱的煅烧，如今还不是一样变成垃圾？"

巨噬细胞争相用伪足去抚摸这个小人儿，装作没有听见金属的奚落。过了半晌，才有一个细胞回应："心脏每时每刻都在跳动，因此它不会得癌症。我们一直运动，就是不愿意被原癌因子所奴役，只要活一天，就继续战斗，继续进化，直到死亡那一刻，我们都享受这份艰难的自由，这无关忠诚，而是本能。"

"早点死了得了，我不想治了，受罪。佩佩，离开我吧。"艾渔靠在沙发上，无力地嚼着玉米。

"我说艾渔，你的懦弱和你的肿瘤一样讨厌，我特别希望医生能给你一刀切了。"佩佩转过身来满眼含泪，"如果你爱我，就应该尊重我的选择。我留下来不是出于责任，而是因为我爱你，你也需要我。如果我走了，你肯定就完了。"

"也许有的细胞会变坏，由他们去吧，但每个细胞都有自己的选择，这就是人体。"

"它的背后有一个白色的小凸起！"有个好奇的细胞碰了一下小纳米人儿的背部。

突然，他身后的那扇小门关上了，细胞们都屏住了呼吸。

纳米小机器人儿迅速转过身，睁开眼睛，闪烁着银光，"Nano！"

新生的巨噬看着他，想着这一路为他牺牲了许多，有些难过，"你是叫 Nano 吗？"

"我叫咪咪。"

巨噬细胞便把来龙去脉都跟他讲了一遍，纳米机器人沉默了片刻，转身离开了。

"你要去哪儿！"几个巨噬细胞伸出伪足想要抓住他，不料却抓住了一些跟他长得一模一样的小人儿。他们逐渐增多，向四方游去，细胞们心生疑惑，连重金属也吓了一跳。

"去找她。"

"我带你去。"新生的 T 细胞说，他们刚从骨髓过来，气喘吁吁。

"佩佩，我感觉我的肺有点痒。"艾渔抓着胸口，嘴里还含着一口饭。

"……你咳嗽咳嗽，出门不戴口罩能行吗？"佩佩赶紧跑到厨房给他倒了一杯水。

他们沿着支气管原路返回，途中穿过红色的血管壁窥视心脏，他们看见一栋圆润的红色锥形大楼在蹦跳，每扇窗户都映出同一张女孩儿的脸，有些好奇的纳米人儿舔了舔心脏，有些咸。咪咪不作声地向上游，同时像播种一般分裂出多个自我，他们跟在他的身后，是一支逆流的白色军队。同时他们不断撞击气管，穿过血管壁，去肋骨上跳舞，要引起免疫系统的反应，鼓舞更多的白细胞参战。他们越来越多，逐渐挤满了胸腔。

"我喘不上气来了！"艾渔用力地捶自己的胸口，不断地咳嗽，鼻子又开始滴血。

"快吃药！"佩佩迅速撕开包装，把医生给他开的控制纳米药物塞进他的嘴里，同时开始拨打 120 急救电话。

穿过层层阻碍，在鼻咽处，咪咪看到了她，她果然漂亮，恶毒的细胞都散发着异绝的美，跟芯片记忆的一样。叛变的巨噬细胞正忙不迭地为她捉前去的纳米人儿，他摁下了自己的加速繁殖按钮，派过去更多的纳米人儿，他们把肿瘤细胞团团围住，包括她周围的那些浸润的小血管和试图逃逸的癌细胞，她猛烈地撕咬着他们，以为这又是一顿饕餮大餐。

"C小姐，你好啊，"咪咪微笑着，所有的纳米人儿一起发声，信号浸入每一个癌细胞核，"我倾慕你很久了。"

"你是谁？"

"我为你而来。"

"你要干什么？"

"和你在一起。"

他们温柔地吻了吻癌细胞膜，引爆了自己。

麻药劲儿刚过去一半，爆裂的痛苦袭来，艾渔晕了过去。

"还好你们及时吃了药，他的血液里的纳米细胞几乎已经没了，再输几天清纳液，化验观察一下。"邢医生站在艾渔的病床前，对佩佩说。

"那肿瘤呢？"佩佩应该是熬夜了，眼袋浮肿，看起来非常疲惫。

"基本全部被杀死了，我们开刀做了一次处理，把他鼻窦和颈部的淋巴结也清扫了一下。"

"你不是说，没有纳米针的指令，机器人不会轻举妄动吗？这就是医疗事故，你们得对我们负责。"

"人体内发生的反应，谁也不敢保证啊对不对……"邢医生绕开话锋。

"你们怎么能这样？……"佩佩攥着艾渔的被角，声音颤抖。

鼻子里塞满棉条，喉咙疼得钻心，艾渔发出呻吟，佩佩急忙回头看他，他用左手挥了挥，希望她别争了。

佩佩狠狠地瞪了他一眼，"咱们去办公室聊吧，医生。"

蓝色的药液缓缓地下落，艾渔想起那天在天坛许的愿，心比鼻子更难受，"真希望能以她最讨厌的样子活着，这样她早晚会死心，离开我的吧。"

升级吧，合成人

——献给大黑公主诗云

①

　　手臂被高温蒸出的肉味隐隐钻入鼻息，懊恼之余感恩还有完整的胳膊，这么一想也不得不妥协了，且把日常的怒意压下去，毛杉专心撕柚子吃。突然腿上传来叮咚的震动，它提醒软件要升级了，电子手表显示："您的感受刺激点已经可以增加到四十个。"

　　这次的升级据说会增加电极的灵敏程度，让信号的传输更为迅速，脚趾抓握能力更加出众，趾尖触感更加敏锐。

　　她一点都没感到喜悦，即使是爸爸劝她去换一个更加灵活的碳纤脚腕时，她也无动于衷。她看着左脚，人工制造的脚皮白皙，五个独立脚趾能在微电流的指令下缓慢移动，就是这些能勉强摆动的脚趾，让她的这条机械腿比一般的机械腿贵出好几倍。

从他们那几代开始，每个人从儿童时期起都得换一下身上的零件，机械化肢体不仅可以让社会更高效地运转（比如在拥挤的交通工具上，可以将肢体折叠起来节约空间）也有助于真正意义上的人类平等，只要按时服用止痛药或者贴镇痛贴就不会感到任何生理痛苦，机械假肢的高度智能化让每个人对生活都充满信心。

很多科学家都站出来说，合成人是人类演化的必然趋势，随着科技的发展，我们会从外部器官慢慢过渡到内脏，肉身会衰老，但机械不会。如果一直拥有能源进行升级，未来人的青春期会被延长，平均寿命就会大幅度提升。

不疼，他们说一点都不疼，睡醒一觉，腿就没有了，取而代之的是最好的人造机械小腿。可随后的幻肢疼痛所带来的灼烧和刺痛却无法避免，她觉得是那截小腿的灵魂在呐喊。刚截肢那会儿每天都不愿醒来，在梦里她还在继续六岁那个下午的奔跑，没有被骗去医院截肢，一低头尚且能看到自己肉乎乎的左脚和新塑料凉鞋上的小红花。

虽然大家都那样说，但她还时不时地会怀念自己的小腿和小脚，如果它能长大，是什么样？父母说那截残肢早就随着被烧掉了，但是她想，如果能够保留下来，泡在福尔马林溶液里，每天看看，也是好的。爸妈互相看了一眼，毛毛，那样我们怎么能受得了？

在外走得多了创伤面会破皮感染，因此在家总是坐智能轮椅，她靠在粉色轮椅靠背上，面无表情把牙咬得咯咯响："你们为什么那么害怕它？它是真的啊！"

②

在她刚刚开始装假肢时，邻居男孩郑斯言常来探望，总说："我要有神力就好了，那样我就能用一道激光让你的腿重新长出来。"他总是不厌其烦地叮咛她要注意腿，说话间顺着她的大腿慢慢摸到残缺处，缓缓地把手掌覆盖在那里。这是他们多年的仪式。

她特别迷恋他把手放在伤口处的感觉，灵魂从残缺处膨胀开来，肉身重新变得完整，就像是新烤出来的小面包，金灿灿，香喷喷，暖洋洋的。他电子眼中释放的光亮，总是让她心生不舍，此去一别，不知何年再见。小时的斯言一只眼斜视，因此可以保留四肢而换一只更通透伶俐的棕瞳孔假眼，但他向来不放在心上，后来郑斯言去了里昂学电影，已有两年未归，有时候会打来电话，互问升级状况。

今天大黑公主金泽善约了她逛商场，好久不见，可不能迟到，金泽善是爱新觉罗的后裔，名取自《中庸》，"诚之者，择善而固执之者也"。个高貌美，眉眼端庄，一眼望去，在女孩子中如同金丝雀中的黑颈鹤。

开上车，毛杉的伤口没有那么痛了，每到这时心里就升起一股巨大的幸福感，幸好父母选择的是左腿，每走一步就像小美人鱼走在刀刃，她情愿舍弃双腿换来一条鱼尾，日夜生活在水里，不用受地心引力的慢性杀戮。

遥远地就能看见泽善站在那里，穿着破洞牛仔短裤，白色短袖，露出笔直的双腿，越发显得如风拂柳，见她缓慢而倔强地走，连忙快步向她跑来，"你小心点儿啊，每次看你这么走路都心疼，要不我找个椅子推着你？"

"哎，不用，你收到软件的提醒了吗？你那个有什么新升级？"

"我的脊椎骨据说可以随时纠正我驼背的休态，但是我还没有想好什么时候更新。"因为个儿高，泽善曾经做过脊柱侧弯的手术，内里打了许多智能钢钉，每隔一年，她就能收到软件升级的提醒，最近的更新频率到了半年一次。

"我觉得这事儿不对……"毛杉忍着疼痛，"你有没有听到他们说？"

泽善睁大眼睛，警惕地看看周围，"要不然咱们去咖啡馆？"

③

前台穿着绿围兜的咖啡师用铝合金的机械手臂熟练地调制拿铁，毛杉看着他的脸，浓眉大眼，笑容盎然，好像从未受过伤。等到泽善端着两杯咖啡走过来时，她才开口，"别说升级，止痛药我都好久不吃了。"

"为什么？"泽善凤眼浅浅折起来，"那样该多难受呀。"

"吃药了以后虽然不痛了，但是一看书就会头晕，根本没法思考，更别提写东西了。"毛杉扫过那些人，"泽善，你老祖宗那会儿，也是遍地合成人吗？"

窗外飘过踩在代步车上的小男孩，腰部以下是金属腿，他利用脚踝的力量弹性在商场里滚来滚去，高兴地舔食着圣代；游戏区的情侣正在用可伸缩机械臂抓娃娃，就快要得到第三只毛绒猫咪；坐在凳子上的少妇正在用软硅胶钛合金手臂抱着胖孩童，看着大屏幕上的智能人体电影，一脸轻松。

　　人们脸上的笑容仿佛都是黏上去的，显得朦胧而不真切，可能是日常镇痛贴贴多了，没人愿意挨疼。毛杉有时还羡慕起那些白嫩的婴儿，刚生下来就被换了胳膊或腿，一点痛觉和意识都没有。大家都说我们是最后的野生人类，却把我们残酷地当成第一批智能的小白鼠，从肉身过渡到机身，陷落在时代夹缝中的肉渣。

　　金泽善笑笑，唇齿生光，"不提当年啦，如今咱是机械贵族，有了智能肢体，干什么不都快么？"

　　"我已经拒绝好几次升级了。"毛杉缓缓地咽下一口咖啡，"我不想再升级了，越升级我就觉得疼的次数越频繁，老得吃药，对脑子不好。"

　　"你要么吃一颗？"泽善忙从包里掏出止痛药，"我觉得自从上次升级完了以后，我的后背舒服多了，坐在办公桌前也没那么累了，要不颈椎真的受不了。"

　　"不吃，吃了我就看不下去书了，腿痛好在不影响脑子。"毛杉忧愁地看着她，手指绕花，"泽善，郑斯言就没有截过肢，他只被安过义眼。在法国课业重，他说有时候看书多了就会头疼，经常跟不上。"

　　"你跟他怎么样了？"

　　"他已经很久没有和我视频了，我觉得他不会回来了，国内这么频繁的升级，他可能受不了。我这个腿出了国，外面不好找维修点，国外的医疗系统太慢了。"毛杉想着想着，有些伤心，"我还记得我们小时候在外面跑，什么也不用担心，他总是跑在我前面，如今他越跑越远，我怕是追不上了。"

"别伤心了，想追你的钢铁侠有一火车呢。"泽善温柔地看着她，"咱们去逛逛看衣服吧？你不是一直想买条新裙子？"

④

橱窗里挂着各式时髦善良的智能衣裙，它们仿航空服设计，让机械肢体活动起来更加舒适，到处都写着满多少就赠送航空气囊。航空气囊可以为毛杉这样的人抵抗地心引力，减少身体的不适感，让她们漫步街头如走太空步，转向也十分灵活。

"你要是太疼受不了的话，买个航空气囊吧？"

"算了，疼点让我更清醒。"毛杉凝神盯着橱窗里的粉色短裙，"泽善，哎，我现在特别想穿短裙，可我这腿穿上不好看。"

"你看看这满大街的人都这么穿。"

"可我没法接受，我想和你一样。"

泽善翻了一个白眼，"那你是不知道我被剖背时的难过，好在我脊柱有问题，就不用换胳膊腿儿，你爸妈干吗不给你换手啊？"

"那时候小学一年级，我爸妈是知识分子，更看重手，他们都说小孩儿手不能动，刚学会写字儿不适应，腿长好了就好了，从小到大都是最好的机械腿，轮椅，拐杖，气囊，要多少有多少，可是我坐轮椅坐得股骨头疼，拐杖磨得我腋下都是伤，气囊也老让我撞墙……"

她们俩边走边翻时兴的智能衣服款式，毛杉看到一条银灰的纱裙，胸口开得很低，裙下摆滚着粉色荷叶边。

"我问过我妈，他们说是为了更加智能化，从咱们这代开始只是骨头，以后慢慢发展成内脏，能保证器官不衰竭，缓解老龄化趋势，咱们就能长生不老……"泽善悄声儿说。

"呵呵，大清早亡了谁还祈求长生不老啊。为什么要咱们来受这罪？"

金泽善把纱裙从钩子上拿下来，在毛杉身上比划着，"别想那么多了，上面怎么说，咱们就怎么听吧。你要不去试试这裙子？"

"可我还是喜欢郑斯言啊！"毛杉拿着裙子走到试衣间，还好这个遮住了接缝处，"那种属于人类独特的皮肤骨头的光泽和触感，简直太美妙了。我至今都记得跟在他身后跑步，阳光洒在他巧克力色的小腿肚上，看起来特别活泼有生命力，可你看看现在的孩子，生下来就恨不得黏在机器上不动弹。这也是我为什么喜欢跟你们做朋友。"

"哎，你就是忘不了他，"金泽善叹了一口气，"可好多人外面看起来没事儿，里面也得植东西啊，你看这衣服我就穿不了，露背的，我背上有疤。"

升级有什么用？能变成火箭腿升空吗？机械腿走得再快，也无法追上远方的人。毛杉在试衣间苦笑一声，看着镜子里那身漂亮的裙子，"泽善，帮我拉一下拉链。"

"毛毛，你必须得升级，"金泽善掀开帘子走进来，"如果不升级的化，你的肢体协调能力会变得越来越差，最后有可能会瘫痪。"

"我不……"

"那对不起了，毛毛，你如果当我是朋友，就相信我这一次。"泽善突然摁住了毛杉连接在腰腹的升级按钮。

⑤

金泽善也有烦心事，每次升级过后，后背被拧得越来越紧了，她觉得自己就像那种被上紧了发条的娃娃，生怕哪天绷不住整个人就像瓷一样碎了。为了避免可能出现的外部感染和心理肢体障碍，父母曾托关系帮她拖了很久才避免截取四肢，让她顺利长成了一个大高个儿。不料越晚选择智能切换的，植入的部分会愈加深入，最后她只能选择纠正脊柱。

她至今都记得醒来的那个晚上，觉得自己忽地变成了机器人，身体里明显感觉多了一排东西，胳膊上挂了止疼泵，刀口开在颈后，脸高高地肿起来，除了异物感入侵肉体，没有任何情感起伏，而临床的女人因为肥胖被注射了过多的麻醉药，手术后发了疯。

此后很长一段时间，她都觉得身体很重，过了很多年才觉得那些钛合金钉子和两片钢板已经彻底融入了体内。后来也因植入较深进了机械特警稽查队，作为社会便衣，专门盯着不升级的人。张鱼鹰是机械特警稽查大队的队长，身高近两米，也因为脊柱侧弯做过手术，所以从泽善一入队起就对她倍加关照，后来两人成了情侣，谈起了同事间的秘密恋爱。

警员放线，队长收网，他们有一张完整的不升级人类的名单，如果拒绝升级期限达到两年，那些人就会以各种原因被拉走强制执行，比如，升职、派遣、升学和出国，不动用一丝暴力，只是循循善诱，软软收网。

那天金泽善坐在大队长张鱼鹰的巡逻车里，正悠闲地抽一支绿色摩尔香烟，顺便看着名单的滚动更新，突然毛杉那张忧郁而稚气的圆脸撞入眼帘，她以为自己看错了，反复确认好几遍，然而没有。

"鱼鹰，咱们这名单有错录的情况吗？"

"没有啊，大数据统计，几乎不可能出错。"

她心里一沉，默默把毛杉划入了自己的管辖单，这就是和大队长谈恋爱的好处，可以利用他的权限来指派任务。毛杉绝对不能被别人带走。

她知道什么在等着那些人，智能机械医师会给他们的颈后埋入东西，把他们的手动升级转换为全网自动升级，从此他们不再拥有操纵自己肉体的权限，每天都会自动服药和贴镇定贴，经过一段时间的长封闭治疗以后，才允许回归社会。她随着张鱼鹰押过几次人，那些被抓时曾进行过激烈反抗的人，被操作后变得异常安详静谧，每个人脸上都洋溢着幸福的微笑，她看了隐隐作痛，后遂不再去。

金泽善的工作一向对外界保密，好友毛杉一直以为她是户籍警察，手头多的是拐卖小孩儿的案子。毛毛绝对不能被别人带走。当她看到毛杉的名字变成红色（代表极危）时，她知道，是时候出手了。

⑥

见到毛杉之前，金泽善真的没有想到毛杉已经到了不吃止痛药的地步，如果这要让上面发现，毛杉就不止被强制执行这么简单了。她一边安抚毛杉的情绪，听着她的抱怨和不满，看着她一瘸一拐地走路，心里已经隐隐作痛，就像每次押人去手术一样难受。

毛毛，你一定要原谅我，我是为了你好。

镜子中，当毛杉用那双圆眼睛难以置信地看着她时，泽善的手指和脚趾都紧紧地蜷在了一起，五脏互相拧着，脚下猛然落空，肉身轰然塌陷，她半张着嘴，等待着毛杉的劈头责问。

毛杉还未来得及哼一声，就背对着她，腿一软，直直地拍在了镜子上。

⑦

"我知道你着急救她，可是你忘了吗，升级都要在睡梦中无痛进行，她已经两年没有升级了，可想而知，她肯定是疼昏了，这次一去医院，不光她危险，咱们也暴露了。你这是滥用职权徇私枉法知不知道？"张鱼鹰几乎和抢救人员同时到达，一片混乱之际，他拉着金泽善的手，小声问责。

灯光下，他皱起眉头，平时冷酷的法令纹被照得虚弱，屏幕上毛杉的心跳和血压不是很乐观，抢救人员解开毛杉的衣服，给她做电击除颤。他礼貌地别过头，脑子转得飞快，不停地想怎样可以把随之而来的处罚和风险降到最低，让金泽善免于指控，不至于离队坐监。

金泽善面色苍白，坐在救护车里没了灵魂，她抓着毛杉的手，几分钟前那个活蹦乱跳的女孩，如今躺在担架上毫无生机，手指失温严重。她已经很久没有像现在这么近距离地听见过自己的心跳了，哪次押人去做手术都没跳这么快，几乎要把她的耳膜胀裂。

"现在只有一个办法，你等毛杉醒来，劝她不要提起诉讼，因为这样才能把损失降到最低，泽善，你听见没？"

金泽善盯着毛杉的脸，下意识地从喉头挤出一声"嗯"。毛毛即使昏迷过去，眉头依然紧皱，那张无辜的圆脸看起来忧愁更甚。

医生给毛杉做了一系列抢救，好在她的生命体征逐步恢复了平稳，不过苏醒还需要一段时间。毛杉的父母匆匆赶来，忙问泽善到底怎么回事，泽善见无法掩瞒，只好照实说了，随即低下头等着他们的责骂。不料，毛杉的父母长叹一口气，说："要不是你，恐怕我们连她怎么消失的都不知道。隔壁家的小孩郑斯言已经两年多没回过家了，她总觉得他去法国留学了，实际上我们都没敢告诉她，郑斯言被带走了，听他爸妈说，因为治疗效果一直不好，他被关在西山的疗养院里，还老觉得自己是在法国学电影。"

泽善有些毛骨悚然。

"我们虽然心疼她现在这样，也知道你是为了她好，才不得不出此下策。"

肉体上虽然升级了，但不知道毛杉能不能原谅她，泽善紧咬着嘴唇，五味杂陈，她想起毛杉说起郑斯言时的眼神，心脏就像在现实沙漠里前进的蛇，不安地扭动，把时间的沙子打得噼啪作响。不知为什么，她总觉得毛杉知道一切，只不过倾尽全力在逃避。

张鱼鹰大步流星地走过来，"咱们得走了，西山逃人了。"

原谅我，毛毛。

⑧

"逃了多少个？"

"不知道，可能有十来个，好在他们身上都有电子芯片，能够进行 GPS 定位，这帮人要逃出去，后果可太严重了，你可别再添乱。"两人坐在出租里，肩并肩，看着两扇雨从脸颊边迅猛掠过，张鱼鹰把名单从屏幕里调出来，迅速扫一眼，"郑斯言。"

金泽善有些措手不及，"怎么说曹操，曹操到？"

他们深深望了对方一眼，同时倒在靠背上，"这可怎么办？"

没有关严的车窗里微微捎进来细小的雨丝，打在金泽善那轮廓优美的鼻子上，垂下的橙色路灯把她照得有些疲惫，阴影切割出的黄色斑块在她脸上流动，有种绝望的雍容，张鱼鹰心疼她，几乎是刹那就做出了决定，爱情碾过职责，去他妈的二十四小时巡捕。

他把郑斯言的定位发给了她，"别让我失望，金泽善同志。"

泽善一下子坐起来，眼睛灼灼发光，笑意微微蔓延到眼梢，"好的，张队！我绝对不会让您失望的！"说着她长出一口气，靠在了张鱼鹰身上。

他翻了翻口袋，掏出麻醉手枪塞给她，在她耳边亲了一口，"宝贝儿，要小心啊。"

鱼鹰把任务都分完以后，从五棵松下了车，他得开一个紧急统筹会，临下车前嚷一嗓子，"千万注意安全！有问题立刻汇报！"

雨越来越大，在路灯映出的密雨里，金泽善看着男朋友快跑冲向所里，活像只逃命的大螳螂，第一次觉得他不穿制服也那么帅。

⑨

金泽善追随着屏幕上的光点，一直让师傅开到了苹果园附近，这小子跑得够快啊，在瓢泼大雨里隔着二十米，她就看见了那个病号服上粘着荧光编码的郑斯言，他太显眼了。她怕惊了他，于是冒着雨下了车，追着他跑。

雨几乎浇透了郑斯言，他太瘦了，肩胛骨突出，她甚至都能看见他全身都在发抖，那一瞬间她特别希望自己仅仅是毛杉的朋友。

"哎，等等！"

听到她嚷，郑斯言明显犹疑了一下，但仍头也不回地开始加速。

他妈的，金泽善心里骂了一句，只能放大招儿，"毛杉！毛杉！"

这下郑斯言停下了，他突然转过身，苍白消瘦的青年，带着疯癫的雨水，向她猛冲过来，她下意识地后退两步，他跑到她面前，大口大口喘着粗气，眼袋浮肿乌青，嘴唇冻得发白，"毛杉怎么了？"

青年的声音如同雨水打在琉璃瓦，孤零零地跌在地上，温柔得失魂，她有些理解了为什么毛杉对他念念不忘。他同她差不多高，她看见他那只义眼发着绿光，"毛杉，她住院了。"

"带我去。"

泽善立刻松了口气，他没有怀疑她。想要见到毛杉的心愿超过了一切。虽然郑斯言从没见过她，但是毛杉应该对他提起过她，金泽善，大高个儿，可漂亮了，爱新觉罗的后裔，伟大的人民警察，我最好的朋友！想都不用想，毛毛会怎么在别人面前介绍她。

大雨中，他们好不容易打到一辆车，坐上车，终于暖和一点了。金泽善想了想，还是决定旁敲侧击一下他的精神状况，"里昂怎么样？"

郑斯言"哧"地冷笑一声："警察同志，你不会也信了那套法国的鬼话吧？"

他还正常，金泽善默默地放松了抓着麻醉枪的手指，它们有些僵硬了，还好还好，"说真的，我也是到今天才知道你去了西边。"

"我知道你是来干什么的，没人知道我的具体位置，除了你们警察。你放心，我跑不了，我知道到哪儿我都得被抓回去。"他苦笑地摸摸脑后，"我就是想家了，想看看毛杉。"

一时无话。

过了半晌，郑斯言发问了："毛杉怎么了？"

"她要再不升级，就跟你住一块儿去了。"泽善叹了口气，"我就……一时糊涂……"

"她没事儿吧？"郑斯言陡然紧张起来，"她要有事儿的话，我就算死了也不让你们逮着我。"

"没事儿，还好她没事儿，不然你也见不到我了，我特别对不起她。"

"哈哈，你知道她不升级是为了什么吗？"郑斯言鬼魅地笑笑，他转过脸来，专用那只义眼盯着她，泽善起了鸡皮疙瘩，"为什么？"

"因为她一直想来找我啊。我们虽然不允许向外界透露自己的真实位置，可她明白到底是怎么了，我们从小一起长大，有一套属于彼此的语言系统。你如果不给她升级，她现在都到巴黎了，可你是她最好的朋友之一，她从来没怀疑过你。"

金泽善目瞪口呆。

原来毛杉什么都知道。

金泽善和张鱼鹰站在病床边上，看着郑斯言温柔地擦掉毛杉的泪珠，"乖乖的，没事儿啊，你看我这不是回来了吗？"

"那你还会走的，很快。"毛杉咧开嘴，呜呜地哭起来。

"没事儿啊，你好好升级，我很快就会回来。"郑斯言红了眼眶，把毛杉的头发从眼泪上拨开。

"我也不想你回来，你回来就变得和那些木头人一样了，什么也不知道，就会对着屏幕咧嘴傻笑，那就不是你了，我不要那样的你，我想去找你，咱们一起去法国，你把我也带走吧……"

看着金泽善把头扭过去，张鱼鹰悄悄带她离开了病房，掩上门，"咱下楼去车里抽根烟吧？"

等离子商人

刚买完乌梅，大雨就浇了下来，我撒腿就跑，跑到一半雨忽然不下了，抬头一看天已放晴，跟我出门前一样。这时，远远地，一个人向我走来，模模糊糊并不真切，不真切的原因是我眼泪下来了，因为我发现向我走过来的是十几年前因心脏病突发去世的爷爷。还没等我开口，他就说，你好，我是等离子商人，前来帮你的。

　　我说爷爷我好想你，你怎么回来了？他笑了，皱纹在阳光下闪闪发光，我不是你的爷爷。我哭得更凶了，正如我每次在梦中遭到他否认自己身份一样难过。他连忙递过张纸，别哭鼻子了，你听我说，我不是你爷爷，我是你爷爷灵魂的等离子形态，我借助他的等离子方便接近你。最近我们正在借助等离子形式来帮助世人，比如你刚才淋雨正需要一个避雨的地方不是吗？雨中的电磁场干扰太强烈，我就借用了些太阳光。我们还可以提供各种服务，比如说穿梭时间和空间等等。

看着他那张多年未见的熟悉面庞，我有些懵了，脑袋里只剩下一个念头，我想回到我六岁的时候，在我爷爷去世之前待一段时间，可以吗？有什么条件吗？

我们是等离子商人，虽然我们从阳光里获取能量，但有时由于现在人工磁场的干扰让我们不能正常地维持运作，因此我希望可以用你生活中有阳光的日子作为交换，你回到六岁后待多少天我们就用多少天交换可以吗？

我毫不犹豫地答应了，并问他当我回去之后是保持现在的模样还是寄居在当时的身体里？

他笑了笑，有两种模式可供选择，一种是实体形态，但一个地方出现两个你，这会违反时空定律，有可能成为悖论，直接导致你们其中一个被拖入虚空永久消失；另外，你成为实体的话会给你进出家门带来阻碍，你要知道十四年前你的家人并没有见过现在的你，也不会相信这一切的发生；二是分解成等离子，这也是我们最拿手的，你依然可以在太阳的磁场下保持你的形态，而且可以自由出入各种地方，因为那个时代，电磁干扰还没有像今天这么严重。你选择哪个？你做好准备了吗？

等离子形态，我准备好了。

抬头看。

天边的云瞬间炸成了一朵花，凄艳又美丽。我吃了一惊刚想问那个扮成我爷爷的等离子商人怎么回事，就感觉身体一轻，直冲云霄；我吓出一身冷汗，扭头一看发现自己明明还提着乌梅站在原地，再一转过脸，不容我反应过来，我已经到了童年的大院，1998 年的二四大院。

我被送到了爷爷在看的大车棚前，呆呆地看着这一切。阳光正好，草长莺飞，每栋小楼都是这么和蔼可亲，每栋楼后带着的大花园还没有被推成水泥停车位，那些钢筋混凝土建筑板还是沉默地堆在原地，我们自小玩耍的大草坪上还没有拱起新的大楼。

　　这时我听见一个声音："爷爷，你逮的这个是螳螂不是蚂蚱，是益虫不是害虫，我们老师说不能吃这个。"一个梳着齐耳短发的小姑娘捏着狗尾巴杆蹲在草丛里，杆上穿的蚂蚱和螳螂正在挣扎，她试图说服她身边正在帮她捉蚂蚱的人，"爷爷，我们把它放了吧，你看它多可怜，上次我放了几只毛虫，他们还排队跟我说再见呢。""咱们逮都逮了，怎么放啊？"那个人笑着抬起头来，肤色古铜，两道浓眉，嘴唇朱紫，皱纹在阳光下闪闪发光，"你岗①编故事给我听。"说着他又给她穿了一只蚂蚱，"去，拿回家让你奶奶烤烤吃了。"于是那个胖圆脸小姑娘拿着一串蚂蚱和一只螳螂叹了口气，回家了。

　　接下来的事我都知道了，我奶奶没有听我的劝说，把那只灰螳螂和一群绿蚂蚱一起塞进了火炉中，最后都进了我的肚子里。就这样，我看着他们一起在草地里抓蚂蚱，吃小雪人冰棍儿，她在车棚里蹲着拍皮球，问他怎么数 10 以外的数，是不是继续从 1 开始数，他说是，于是她从那天学会了数数；她总骑三轮车带他去门口摆摊买卤肉；他们吃饭我就坐在桌边看着，

---

①山东话：总。

他们一起窝在车棚小屋里看水浒我也跟着。日复一日，看着他们一起生活我从来不嫌烦。

渐渐地，我开始不满足于以等离子的状态存在，我希望能和我爷爷说说话，甚至哪怕碰他一下也好，那个商人出现了，他刚想说什么我就向他提出了我想转化成实体的要求，他脸色有些古怪，试图劝我不要如此莽撞，但终究拗不过我的请求还是叹了一口气，答应了。

我们把时间安排在一个周六的早晨，阳光明媚，等离子供应稳定，不会受到太大影响；那天早晨爷爷、奶奶和姑姑都早早起床，在车棚后的小田里锄地。我看我奶奶和姑姑都在那片地里，而爷爷正在这片地里，正好不会引起太多的慌乱，于是就对那人点了下头，猛然间，身体重了好多，然后我真实地踩到了土地上，"爷爷。"

他抬起头来，"你是谁啊？"

"我是长大以后的麦麦啊，我来看你来了，爷爷你别不信，你仔细看看我。"

他一边打量我，我一边给他讲小时候的故事，讲到那只蚂蚱的时候，他终于信了。

他终于笑了，"你跟你爸爸上大学时候岗像啊，你岗编故事给我听，我还不信，你过来让我好好看看你。"

我赶紧走上前，就在我接触他手的一刹那，一股强大的力像一万匹马力的螺旋桨一样拽着我把我往后吸，我哭着大叫，"爷爷救我！后面有东西抓我！"

他赶忙挥着锄头冲到我后面，就在这一瞬间，那股力一松，我连忙回头，他已经倒在了地上。我猛然想起这就是那一天，改变我童年的，最悲伤的那一天。一切都发生了，发生得这么突然这么快让我来不及应对，奶奶和姑姑惊叫地跑过来，这明明是有光的一天，可我身体一轻眼前一黑就什么也看不清了。

等离子商人及时地把我带回来后告诉我，他多年来囿于此种形态不能脱身正是因为爷爷赶到我身后的刹那救了我，被虚空吸走变成了等离子，而医院的诊断是心脏病突发，抢救无效。你爷爷说要你好好的，别老哭鼻子，我的任务完成了，再见。

他说完这句话消失的瞬间，倾盆的大雨狠狠地砸了下来，流进我嘴里的时候，比乌梅酸多了。

四九城未完的迷恋

"一不教你忧来啊，二不教你愁啊，三不教你担心穿错了小猫咪的花皮袄啊。"

　　哼着自己瞎编的小调，霍一把脸靠到猫咪后脖儿，猫回过头来拿胡子嗅了嗅他的胡子，俩都满意地对喵了一声。

　　穿好衬衫系好皮鞋，去小区门口儿的小面包店买个蓝莓果酱馅儿的大面包，八块，其他味儿的才六块，可只有蓝莓的能爆出浆来，把那椰蓉的表皮儿趁热一撕，蜜得招蜂。咽一下口水，回去顺道儿去小超市里买包牛奶和榨菜，超市阿姨问："才起呀？"

　　"没，起了有半小时了。"

　　出超市回家，几年前就是在这条路上，他看见有人拎着两个箱子卖废品，收废品的大叔把其中的小箱子往地上一摔，正要踩的时候里面忽然蹿出一只小花猫来，正冲到他面前，他蹲下一拎小猫就头也不回地往家跑，怕有人追上来。到了家以后他把小猫放在地上，小猫立刻钻进了沙发底下，他怎么哄也不出来，于是他端来温水摆在了沙发底下，又换了身衣服绕道去了超市买幼猫猫粮，心里的得意简直如试飞成功的莱特兄弟，"我终于又有了一只小猫咪了我的天！"

到了家一开门，大猫的脸准出现在门口，娇腻地唤他，拿脸过来蹭蹭他的腿，眼睛直盯着他手里的面包，它总是馋，但也挑，虽说猫尝不出甜味，但是有时候还会吃粘上蓝莓酱的面包。他撕下一点，猫咪嗅嗅，开始伸脖子吃。他拿咖啡机冲白兰地咖啡，做了一盘鸡蛋碎，煮了牛奶，一齐端到院儿里的桌子上吃，以前他常常做三明治给银枝吃，把白面包对角切，去掉边儿，抹上黄油、依次铺上奶酪、生菜、煎鸡蛋、苦菊、西红柿片儿，她总觉得那是她吃过的最好吃的三明治，总对他说，我哪怕忘了你也忘不了这三明治。他一边想以前一边吃，猫跳上他对面的椅子，他看着它，心里平静了点儿，虽然她带走了他俩的那只猫，但他还是过来了。白兰地咖啡里的酒味儿多少让他心情愉悦，他几乎想开瓶玫瑰香槟来庆祝一下这个美好的近午，看一眼表，北京时间十一点，从此刻往回倒数十年，恰巧两人认识的时候，门口的面包店从那时候起就在了。

"来，咱都认识十年了，今儿喝一杯。"他举杯向猫致意。

大猫鼻子一抽，发现是咖啡，立刻把脸别到一边儿。

"你瞧你，怎么还不乐意了，这不是你最爱的那一口儿吗？"

猫竖起耳朵听着窗外的鸟叫。

"怎么着？不爱吃蓝莓面包啦？那我给你做个三明治去？"

一只麻雀停在了院儿里的墙上，猫悄悄地跳下了凳子。

"你瞧瞧你，"他喝了一口咖啡，"总是被这些新鲜的事儿所吸引，然后转身就跑。"

猫像偷地雷一样匍匐前进，可还是惊动了鸟，小家雀儿一挥翅膀"吱儿"地飞了。

"哎呀，人都走啦，你回来呗。"他看着猫说，"还跟那儿干吗呀？"

猫回头看了看他，没说话，可还是巴巴地往墙上看，耳朵又支起来。

"你干吗还不回来呀？"他低头用叉子把最后一口碎鸡蛋塞嘴里，叹了一口气。

从燕郊到草房，从管庄到青年路，从九龙山到南磨房，从菜市口到珠市口，从景山到石景山，从西红门到大红门，从白石桥到中关村，从新街口到鼓楼大街，从正阳门到八大处，饶说这些地儿，李三鲜可比谁都熟，他是干土木的，总去各个工地，工作上从来不敢出什么岔子。可昨儿梦里不知怎的，他梦见北京地震，他们盖过的楼一个一个全塌了。直到听见两只鹦鹉叫才从梦里逃出来，醒来一身汗，枕头边一摸，猫没回来。出去给小黑添上狗粮，小黑是条拉布拉多，四岁了，吃得膘肥体胖，黑油油地亮，在他脚边转来转去，使劲摇尾巴。俩蓝虎皮都叫小毛儿，一见到他来，在笼子里上下扑腾，反复叨笼子，他一边换水添食儿，一边斜眼往院儿里的猫垛里瞧，昨儿放的香肝儿也没动过，猫又一宿没归家，"小毛儿你俩瞧见咪咪了吗？咪咪怎么没回来呀？"做那梦让他隐隐有些担心，穿上褂子去包子铺吃二两素三鲜，蘸着辣椒和醋，一碗棒碴粥，外加份炒肝儿，这才稍微踏实下来。

"李大爷您早啊，吃了吗您？"隔壁的张越推着自行车出门。

"哎，刚吃了，您瞧见我家咪咪了吗？有小豹纹儿那个？"

"没有啊，怎么了？猫找不到了？"

"啊，从昨儿就没回来，这闹心啊。"

"您哪，别担心了，猫可不就是这样吗？闹猫跑了吧？"

"不行啊，闺女回来找不到准得急。"

"我帮您留意着呢，也跟我们家人说说帮您留意着的，您别着急，摸摸咱这几条胡同儿也找找，准跑不了多远！"

"成，"他一挥手，"你上班儿去吧小张，不耽误你了昂。"

"那咱就回见了大爷！"

李三鲜回家拿了猫薄荷和罐头，又抓了一大把猫粮，带着小黑从汪芝麻胡同儿一路溜达到黑芝麻胡同儿，把这方圆几里猫的地盘儿寻了个遍，还去什刹海那儿的流浪猫小分队那儿拿着罐头"咪咪喵喵"地问了一通儿，小黑怕被猫挠，就蹲旁边大柳树那儿等他。旁边路过的小青年都以为这大爷疯了，一问才知道家里的猫丢了，有个戴眼镜儿的姑娘蹲下来摸着猫，犹豫半晌，搭腔道："大爷，您那个猫是名猫，又漂亮，有可能就被人给逮了。"

李三鲜一下子从地上蹿起来，眼前一黑直冒星儿，"不可能！我家猫厉害，脾气大！谁带她走准挠死那孙子！"

"那您别着急，回家写个启事，网上也发发，让大家都帮忙找找，同时也去宠物市场看看问问的。"

"谢谢你了小姑娘，我再溜达溜达找找的。"

唉，今儿这柳絮毛怎么那么多啊，李三鲜这半天累得火直冒，哪个不开眼的把我猫给拐了！但凡让我逮着的我不给他揍得结结实实让他妈都认不出来的！他又盯着那群吃猫粮的看了半晌，恨不得把咪咪从它们中间拼出来，小黑可怜见地呜呜地叫他，他抹了一把汗，带着小黑走了。

大约去年三月的时候，我打法华寺附近经过，遇到过一个故事。那时一场春雨听不着响儿，杨树柳树正比着把孩子送进风向幼儿园，一个穿芝麻糊色长袍套雪花银马甲脑后长长辫子的细眼睛的男人站在街边冲法华寺的门缝里看，他一手提着一个蓝绸暗花的鸟笼，一手盘着俩白玉珠，指甲长又弯还戴了个翡翠戒指，一转头正巧看见了我，就问我看没看见他的百灵鸟，眼边儿两道白头顶一个小棕帽子，我瞥了他一眼，没好气地说："没瞧见，满地的家雀儿这不都是？"说实话，我看见他那辫子心里就烦，论说遗老遗少这位可是造极。

他登时脸色一沉，碎叨起来："我找白大爷看过了，白大爷说就得奔城外的畏兀儿村儿这边儿来找，说准能找到，我专门儿雇的马车，白闹呢不是？"

要别人打这儿过，情当他说疯话，可那天我正闲，这人奇怪，我也乐得招惹他，就站定了问："您打哪儿来的？"

"四九城啊，刚打西直门出来，专门儿跟拉闸的守卫说的，怎么找我也就找不到了呢？"

"您也忒含糊了不是？那鸟长了翅膀，哪儿不能飞？这您哪儿能找得着啊？"

"不对不对，白大爷昨儿跟我说了，就得往这边儿找，说是在法华寺第三棵老松上站着，过了午时可就再也找不到了！"

"可是这哪儿有松树？"

他一看四周，面皮儿更白了："我马车呢？嘿！你瞧见我马车了吗？这哪儿啊？这不是畏兀儿村儿吗？我这刚到这儿，怎么？"

白毛雨哒哒哒地下坠，春寒落身上让我一哆嗦，往周围一瞧，方才发现四周青草茵茵，哪儿还有铁栏杆和马路牙子，再一转头发现法华寺前有几个僧人正在扫地，一辆漂亮漆红木紫绸帘儿车上的车夫正百无聊赖地剔牙，两匹红毛小马都低着头休息，我刚想说，哎，您的马车不在这儿吗？才觉出不对，这哪儿还有那人的影儿？

我心想糟了，眼前浩荡晴空，我们怎么就对调了时空？忽然头一晕，眼前阴沉，又感觉到细雨微风，听见汽车轰鸣，赶紧转身，发现一切照旧，身后还是马路。我骇了一跳，拔腿就跑，一边跑那人似乎还一直缠着我问，"哎哎，瞧见我的百灵儿了吗？"

她在笼子外面叫我，远处的小面包机在工作，我躲在窝里观察着她，被窝太舒服了，我不愿意出去，于是她伸手进来想要抓我，我咬了一口她的手，"哎呀"，这个软枝杈叫了一声，我就把鼻子靠在她的手心。我听见她又咕哝了一声，便用头拱住她的手，想要出去看看怎么回事。我看见了她的眼睛，满含期望地看着我，我很高兴，我喜欢她这样看着我。我爬到笼子顶上，从那里一跃到她的身上，开始发疯地跑了起来，蹿到她的肩膀，咬她的耳朵。

小笋是吃牛奶泡蛋糕长大的，今年四月吴畏带我去官园看头窝小松鼠，她还只有三十天，成天和她的两个松鼠朋友扎堆鼓着小肚皮睡觉，小脑袋比一颗枣核大不了多少，看着她那脑袋我就直发笑，宠物店的大叔把她放在搪瓷的干蛋糕盆前，她蹬着碗埋着头使劲吃，小腿撇着使劲蹬朋友的脑袋，真霸道呀你这只小松鼠，怎么这么霸道呀，我们都笑。但是别的松鼠一蹬她，吴畏就不乐意了，哎，别蹬我们。

从官园出来，四月倒春寒，太阳将落就有阴斜风，我把她揣进我的大衣兜里握着，生怕她冻着。四只小爪子摁在我的手掌上团成团儿睡觉，逐渐暖和起来，我充分享受一只幼鼠的信任。挖空我的心对她，给她买最好的蛋糕、最好的有机奶和鲜奶，把她在鼠贩子那儿得不到的全都补回来，让她睡在上好绵密的羊毛里，每天都把她抓出来让她吃得肚圆了才睡，有时候她还会出来溜达，我一进屋她就吓得掉头回去，胆子大了会在窝口探头看看我。

李三鲜走到黑芝麻胡同小学，想起第一个喜欢的女孩儿过去在这儿当过老师。他想起那时候他俩骑车去北海公园，那时改了名叫北京工农兵公园，两人怕被抓住，互相隔得好远，她在前面骑得飞快，两根辫子几乎要飞起来，连头发梢都是金色的，那天下午阳光真好。两人一前一后地把车停在门口，检票的时候他在售票处听见她高呼一声："忠于毛主席！"装作不经意地看了他一眼，便昂首挺胸地走了进去。他忙买了票跟上去，两人一前一后都装作不认识，直到了白塔寺附近，他在一个坡上追上了她。

"妇女要顶半边天，骆斌红同志你怎么不等等我啊。"

"一万年太久，只争朝夕。谁让你骑那么慢啊！"她把辫子一甩，满不在乎地说道。

"不是东风压倒西风，就是西风压倒东风。现在的女同志就是不一样了啊，祖国的未来就靠咱们了！"

"为有牺牲多壮志，敢教日月换新天。李兴武同志，我打算响应毛主席的号召，去接受改造，去接受贫下中农再教育了，"她压低了声音，"你也知道我想做一名人民教师，但是毛主席说了，想要教育人必先接受教育，所以我决定深入到广大的人民群众中去，与他们一起为祖国的建设添砖加瓦，我已经报了名了，李兴武同志你愿意一同与我去接受老乡们的教育吗？"

"为人民服务，骆斌红同志，只要你想在草原上放牧，我就愿帮你把羊儿喂肥，你在哪儿，哪儿就是我的革命事业。"他看着她鼻尖上一粒沁出的汗，脱口而出。

她睁大圆眼睛，擦把汗，把格子衬衫领口的小扣子一解。

他看见了一小绺晶莹的皮肤，屋檐上雏燕缨黄的小嘴儿。

"又贫，你能向毛主席保证吗？"她脸被太阳晒得有些红，显得脸更如透明的一样了。

"我向毛主席保证，广阔天地，我们一定大有作为！"他把手伸过去，想要抓住她的手。

她一下弹开了，开始往山上跑，他愣了一下，开始在后面追，又怕戴红袖章的看见，只好拿眼睛抓住她，等游客差不多都下来了，再慢悠悠地爬上去，在一棵树旁找到了她，却发现她一脸泪水。

"怎么了？怎么了骆斌红同志？"

"兴武……兴武同志，我害怕，他们天天在学校里闹我害怕，解开皮带就往下抽……晚上直做噩梦……我不能像他们一样狠，我的心狠不起来……我想跑……"

此时正是晚霞初上，震天的吼声和口号声把北京城弄得分外拥挤，他知道她是借生病这一借口逃出来的。

"我想……我再不走就会被吓死……我也分不清什么左右了……昨儿他们把老师还有王校长……还拿钉子……我不想和他们一起了……"

那个穿军装扎皮带总是走在队伍最前面喊口号把宋要武当成自己造反榜样的女孩儿不见了，他颇感震惊，他以为她是钢铁炼成的，铁石心肠。

她瘫在树下，广播已经开始轰人，有人清山了。

他悄悄地挪到树下，生怕把她再惊飞了，蹲下来用手握住她的手："咱们走。"

虽然这样约定了，但是两个人的心里没有半点高兴的意思，之前在风里出的汗彻底凉了，两人望了一会儿下沉的太阳就往山下走了，快到山脚的时候，骆姑娘迅速地抓了两把脸，"李兴武同志，和我一起吗？"

走过黑芝麻胡同小学，到路的尽头吃一碗鸭血粉丝汤，小黑不能进去，只好被拴在外面的电线杆上，李三鲜就拿眼睛盯着它，生怕它也丢了。李三鲜这一生丢过不少东西，丢了自己的初恋，丢了那辆自行车，丢过一只公社的羊，他老怀疑自己随身带了个洞，如今闺女托付的小猫也丢了，真是没用，老了老了就成废物了，他喝完最后一口汤，抹掉嘴边的烧饼渣，服务员结账，你们这儿有馒头吗，我临时给我家狗垫一口的？拿着馒头跨出门去，小黑摇着尾巴吃了口馒头，小黑真乖，吃完咯咱们继续去找咪咪！

去无味画展之前，霍一先去接了周妙羽，在楼底下等了二十分钟，临近三点时妙羽慌慌张张地从楼上跑下来，一手还拎着一只鞋，老远就喊："快开，快开！后面有怪物追我！"

霍一哭笑不得，心说你没上来我快开！但还是赶紧给她开开了车门，妙羽就像只鼬鼩一样蹿进来，把鞋举在胸前，神了一会儿，才喘匀了气，"嘿，你赶紧开车啊！"

霍一踩了油门就跑，"小祖宗哪儿来的怪物啊？我怎么没瞧见？"

"大米怪！"

"什么大米怪啊？"

"就是我用米饭捏出的一个饭团怪物！就像朝鲜电影的不可杀那种！"

"然后呢？"

"然后我就准备开始吃饭，当我筷子准备夹它的时候，它一扭身子躲开了，还用它那绿豆做的小眼睛瞪我，冲我龇牙！"

"然后呢？"

"然后我就吓一跳，抓衣服就跑出来了！"

"合着你让我等那么久在那儿捏饭团呢？"

"怎么办？我不敢回家了！我怕回家大米怪已经把大米吃多了发起来了！"她把牙咬在下唇上，瞪大眼睛，装成一只土拨鼠，把脸靠在他胳膊上。

"哎，我这儿开车呢啊，好好的。"

妙羽有他们家族遗传的躁郁妄想症，时好时坏。她的父亲曾是驻外大使，在一次针对使馆附近餐厅发生的恐怖袭击中丧生。事情发生的前两天她妈才坐飞机去探望她爸，那天中午两人坐在铺着绿格子餐布的小桌子上刚喝了一杯当地的红茶，爆炸就发生了，小餐馆几乎被夷平。妙羽三年级，正上着课呢，班主任突然把她从班里叫出去，说有电话找她。

刚接完电话，她就听见了她爸在楼下喊她，就像每次他回国刚到楼下时那样忙不迭地喊她，周妙妙！爸爸回来了！快来接我！她连鞋都来不及换，穿着拖鞋打开门就蹿下去，满楼道喊爸爸！

她扔下电话就往窗户那儿跑，班主任吓坏了以为她要跳楼，连忙叫着其他老师一起拖住她，她拼命尖叫，对老师们拳打脚踢，还用牙齿咬，最后没劲儿了喉咙里还执拗地低吼，最终还是被摁住了。她至今都恨那些老师，因为她觉得声音如此接近，如果当时不是他们摁着她，她一定能看见爸爸。

"咱们出去透透气儿吧，我的生活真像湿淋淋的地狱。"

我挽着霍一的胳膊从西直门凯德 mall 出来奔着城里走，穿过西直门立交桥的时候，霍一说有次晚上他骑车从天津回来，骑到西直门立交桥准备回魏公村，眼看着就到了，却怎么也绕不出去，结果骑到车公庄了。

"妙妙我给你讲一故事。西直门刚改造好的时候，有位马师傅被派去指挥，那时候呢大伙儿都挺羡慕他，因为那可是北京最气派的立交桥。可是过了仨月，局里接连接到投诉，说马师傅业务不熟练，乱指路。想去安定门的让他给指到了动物园，想去动物园的让他给指到了蓟门桥，想去蓟门桥的让他给指到了金融街。最夸张的是有一位司机哭诉说他想去八达岭长城，按马师傅说的一直走结果到了保定……"

"又胡说呢你。"

"真事儿！"

西直门立交桥大概是拆掉西直门城楼之后建的一大迷魂阵，打一些桩子摆几道桥梁，任凭哪里来的老司机也得喝上几壶。走过立交桥就是一片砖瓦房，我忽然想到那天碰见的那个旗人，一百多年前或者更早他可能就是沿着这条街痴痴地找着自己的百灵鸟，还不住地撩开帘子吹几声鸟哨，我理解他，也许我应该帮他找找或者安慰他，也许他在一百多年前就被悄然带上了西直门的立交桥，再也没能去成自己想去的地方。

"哥，你知道我那天碰见了一老头儿吗？"我跟霍一讲了讲法华寺奇遇。

"你怎么总招上些乱七八糟的东西？姥姥没找人给你看看吗？"

"看了吧，没用。她去八大处求了人。"

"魑魅魍魉怎么它就这么多。"

因为热过敏，我的脚被磨出了几个泡，走路上很疼。可我还是感觉到了生活裂缝里吹来的那一丝清凉，越往二环里走，感觉越轻松，感觉才真正回北京了。

小时候我奶奶总抱着我从西直门坐公交，"我抱着你在二环上倒转了正转，两毛钱一张票，从西直门上车我再从东四十条那儿的公交站下去坐另一辆车，然后再坐回西直门，只要两毛钱就能从早晨坐到晚上。"

走到新街口的时候，我忽然看到了对面的新川面馆，我说新裤子的彭磊在这儿吃过，然后我和哥哥坐下，点了两碗新川凉面。

后来我和小笋逐渐熟了起来，她钩着长爪子在我背上飞来飞去，我就好像是她这架松鼠牌小飞机最心爱的人肉飞机场。我每次一进屋，她都急切地上前抱我亲我，激动地"咕咕"说上一大串儿，像小时候盼爸爸回家的我。为了来找我玩儿，她一着急就从两米多高的书柜顶上蹦到了床上，变成了一摊小鼠饼。她还曾打算从空调蹦到窗帘上再跑下来找我，不料一脚踩空从高处笔直地摔了下来，但仍向我冲过来。

一日，她独自睡在我那屋的恐龙睡衣上，忽然天降大白雨，我睡在沙发上听见雨声，即刻弹进屋子，她从睡梦中被风捎进来的雨惊醒，拔剑四顾心茫然，见到我来，就把细长又冰凉的爪搭在我的手指上，跳上我的胳膊，与我拥抱。

两人到了无为工作室，在门口扫了下请柬，便踏上了走廊。雾从走廊两侧自动感应的排风口被吹出来，瞬间结成雾毯铺在了周妙羽和霍一脚下，"欢迎（哒）来到（咚）无为风浪展（嚓），请直行（哒哒哒）"。一个温柔的女声包裹着他们，毫无机械的涩感和人工的呆板，画展主人把人声给柔化了，还加入了一些鼓点。妙羽嘿嘿一笑，连忙拉着霍一就往里跑。

"小祖宗，你慢着点，这腾云驾雾的你还真把自己当美猴王了。"霍一在后面拽着她。

"我是赤脚大仙！身怀奇珍异宝，双脚百毒不侵！"

"都哪儿整这一套一套的？这雾结不结实啊？这可三层呢，你慢点昂！"

"你放心吧，这个雾是用光电做的假效果，底下是专门做的白棉花层，再底下就是原木质层！"

"你怎么这么清楚啊？"

"哎！吴畏！"妙羽突然松开了霍一的手，冲着不远处一人打招呼。

霍一站住，发觉脚下是酥软的奶酪色羊毛地毯，抬头看见四方光亮十足，墙壁上几乎全是落地玻璃窗，房顶挑高采用原木坡型设计，但也加了两大扇钢化玻璃推窗和通气窗。吴畏的画套着包装散落在四周，助手们在忙着开展前的最后布置。他瞥见东北角上有一个长发男孩儿正跟妙羽笑着说话儿。

那就是吴畏了，他走过去，这个男孩儿看见他，突然闭上了嘴，只是微笑。

妙羽扭头，发现是他，连忙拽着他跟吴畏介绍："这是我的表哥霍一，这是我好朋友，无惧无畏的孙大圣！"

"好好说，人家到底叫什么？"

"您好，我叫吴畏。"吴畏伸出手，声音就跟雾一样软。

眼前这个男孩儿又高又瘦，一头长发，微微有些干燥，在光里乍着毛边儿，单眼皮儿棱角分明，脸刮得干净透些青。一身海军装的打扮得精神，白衣白裤白胳膊加上阳光晃得霍一有些蒙。

"你好，我叫霍一，老听妙羽提起你，你今儿怎么这身打扮啊？我以为艺术家都得是那种日式宽裤腿儿或者民国大褂儿呢。"

"嗨，我爸是海军，我从小就想当兵，可惜我是早产，还脐带缠脖导致身体不行，出生的时候人家问我爸保大人还是保孩子，我爸抽出一把匕首顶那医生脖子上说，'今天大人小孩儿如果一个有闪失，我就拉你陪葬，然后我再自杀。'那医生吓坏了，赶紧跑回了产房，最后母子平安。为此我爸还受了严重警告处分，记一次大过，本来还要降职撤级的，上头领导爱惜他，没撤他军衔，后来开会教育他还说呢，'都是出生入死的战友，都是并肩奋斗的同志，怎么把对付阶级敌人的那一套搬到自己人身上了？'但是毕竟早产，我就是身体不好，所以从小只能隔三差五地去海军总医院过过眼瘾，好不容易开回画展，就自己定了一套，偷偷仿的我爸的那套。"

吴畏笑笑，"来者即是客，不如你们移步去隔间喝点茶吧？我弄完手头儿一会儿就过去陪你们。"

"好啊……"

"不！我要跟这儿陪你装这个！"

"成，"吴畏温柔地笑笑，"那您先去歇着，我一会儿就来。"

霍一顺着他手指的方向去了茶水厅。茶水间铺着青砖，模样齐整，几个歪七扭八的黄花梨椅子倒像是活的，围着一些木头桌子开会，活脱脱一个木仙庵，可墙上挂的都是春宫图，让他有些哭笑不得。

"先生您好，想喝点什么？"身后忽响，吓他一跳。

他正要扭头，那人就转到他面前，樱桃一样甜，丹凤眼樱桃嘴，不露骨也不发柴，头发油墨一样滴在耳边，红裙到膝剪裁刚好，腹部露出　小块，羊脂白玉。

"您这儿都有什么？"

"咖啡，拿铁，红茶，绿茶，花茶，花果茶，乌龙茶，红酒，白酒，鸡尾酒，果汁，白水，柠檬水。"

"怎么跟报菜名儿一样这么溜啊？"

女孩儿一笑，并不接茬儿，"想喝什么？"

"白水。"

"加冰吗？"

"加。"

如果银枝在，肯定不会让他加冰，人老了肠胃受不了刺激诸如此类，可是他还是喜欢加冰。

那女孩儿端了冰水来，转而又消失了，他实在想找她问问这满墙的春宫画是怎么回事，可是转念一想自己面容已馁，又没了兴趣，他仔细看这个按照青铜面具扒模做的绿玻璃杯，双耳外斜，一双眼睛水汪汪地怒视着他，看半晌不由得汗毛竖起，他想起了洛阳殷墟花园里那张巨型美男子青铜脸，感觉有什么东西要从玻璃杯里蹿出来了。

"不好意思让您一个人等这么半天，"霍一吓一激灵，抬头一看，吴畏进来了，"我进来陪陪您，妙羽还跟那儿玩儿呢。"

"你们怎么都神出鬼没的？吓我一跳。"

"哟，吓着您啦，实在不好意思，我看您好像一直若有所思。"

"你这屋子怎么那么古老啊，又是这青铜杯子又是青砖地的，墙上怎么贴着这个？"

"嗨，我贴春宫好几个原因，您听我慢慢跟您说。一是它让人浑身燥热，心痒难耐，有雅兴的客人要对画下酒，一般客人来了也会要杯冰水压压惊，我这工作室别看卖不出去多少画，可这酒水分外赚钱，您也知道望梅止渴，一个道理。"

"然后呢？"

"二是……等会儿，我先问您一事儿，请原谅我有些唐突，您知道妙羽喜欢您吗？"

霍一看着吴畏，这小孩儿穿上军装还真挺无畏，什么都敢问，"你怎么不继续说了？"

"您先跟我说，我再告诉您这个。"

"那我不听了，你没必要知道我的想法，重要的是她的想法。"

"那我告诉您，第二点就是这屋子特邪，不用春宫画和黄花梨，有些东西就镇不住。"吴畏还是笑得天真无邪，"您好好待着吧，开展了妙羽会叫您，失陪。"说罢起身推门去了。

霍一呆呆地望着墙，一点也没觉得自己燥热难耐，"可我到了这个年纪，狐仙可能都不愿意缠了。"

"您别听他瞎说，"那女孩儿声音再次响起，霍一循声看见她站在一个不起眼的拐弯儿处，用了视觉错位，恰好在两幅画中间，一般人看不出来那是个弯儿。

"放画儿纯粹是因为您那小表妹觉得这屋里冷，随口瞎诌的，您看这楼顶玻璃的，一到秋冬就供暖不迭，能不冷吗？"

霍一喝了一口冰水，没能把话咽下去，"我觉得您才是这屋里镇邪的。"

女孩儿似笑非笑，"喜欢常来。"

和小笋隔着笼子对鼻头的时候，总能闻到她呼出的那股松子瓜果香，每当这时我就想起唐长老说如果要让国王死而复生，给他吹仙气儿这事必须得孙悟空来，孙悟空从小吃瓜果蔬菜，呼出的是一股子清气，而八戒吃荤杀生，呼出的是一股子浊气。我想世界上只有小笋的气息才是干净的，如果我哪天不省人事，必须得这只小松鼠才能救我。我总是非常宠她，对自己热爱的事物从来不加节制，这可能是因为我爸妈走得太早，得不到足够的爱，就会拼命地把自己交付出去，所以我身上全是她抓出来的伤口，我没有给她剪过指甲，也没有打过狂犬疫苗。我们互相嗅了一会儿，她突然伸出爪子塞进了我的鼻孔。

李三鲜转了半天，头晕眼花，也没找到他那猫，想想猫虽然能跑，但总能回家，只怕被奸人所害，不能给女儿一个交代，自己心里也难受。李三鲜起先是不喜欢猫的，想着猫奸狗忠，猫与狗还犯冲总打架，况且家里还有小鸟养着，遂烦养猫。可是银枝从小就喜欢隔壁老太太家的狸花猫，家里狗要欺负人家猫了，她就揪着狗的后脖颈子往家里拖，把狗关屋里把它躁得直咬桌子腿儿。

李三鲜回家看见一地狼藉，准急眼，不仅把狗揍一顿，还"小白眼儿狼、吃里扒外、胳膊肘往外拐"地骂，他还专门在大院儿里嚷嚷，好让隔壁老太太听见。可偏偏老太太性子好，从来不生气，等上一两个小时他气儿消了，就送点儿自己做的绿豆汤、拍黄瓜、凉拌苦瓜、山楂羹类的东西过来，有时候还送点肉骨头给小狗，这样往来了几次李三鲜就不好意思了，可能也是吃苦瓜多了泻火了，当时也正值北京打狗风头紧，他就把狗送乡下去了。

"不准养猫！你自己以后有家了你自己养去！"这是李三鲜对姑娘说过最多的话。

那时候银枝小，为了在各个胡同逮猫儿回玩儿常晒得乌漆墨黑的，要是碰见谁家大猫生了，准高兴得好几天睡不着觉，总央求着能抱回一只，每每都因李三鲜大发雷霆而作罢。她还各个院儿里去偷耗子药，生怕哪个猫不小心吃了给药死了，原来院儿里的有只大白猫就是这么死的，银枝比猫主人还伤心，哭得稀里哗啦的，还跟着人家去拿小铲子埋了，每次放学回来都要去那儿放点好吃的零食。那时候胡同里的耗子药总不够发的，各家老去居委会闹。

"你老跟猫混！气质不好！以后到处招人儿！好好学习考个大学不比什么都强！"李三鲜老敲打他姑娘，坊间都说太有猫缘不好，招猫逗狗容易惹事儿。

"我就不好好学习！我就想去动物园工作！"

"人动物园不养猫！"

"那我就去养老虎养豹子养狮子！都是大猫！"

"那都是猛兽！你留神别让老虎给吃了！你爸可不是武松！救不了你！"

"唉，我告诉你李兴武！我养老虎就让老虎吃了你！"银枝说不过他，气急败坏地跺脚嚷。

"你是不是反了天了李银枝！怎么跟你爸说话呢！"银枝

妈沈梦华吼一嗓子，眼看就要拿扫把抽她了。爷俩儿一个噌地回屋摔门一边大哭一边做作业，一个挠挠头出门带着狗遛弯儿去了。李银枝的作业本为此总是皱巴巴的，写作文都是责怪家长老打她，老师第二天点名儿准说，也请过好多次家长。

可她就是爱猫，打几次都不长记性，有次犯冲又惹恼了她妈，拿着衣架从床上抽着滚到地上又爬回床上，手指头全给抽肿了，李银枝穿着红色刺绣领白衬衫和自己最喜欢的绿色网球背带裙，裙下角绣着一只小动物，鼻血滴了一身，她一边嚎哭一边透着被抽肿的手指缝看她的裙子，很难过。耳畔炸起她母亲的声儿："自己洗洗去！"

沈梦华打她从来不手软，事后也绝不会心疼，并且打过就忘，总说："这都是应该的，不打不长记性！"

可是李三鲜现在也慢慢地喜欢上猫了，而且拿着猫娇得很，天热猫不爱吃饭了，要去市场买几两鸡胸脯哄着猫吃，"小咪乖小咪乖"地叫，把猫耳朵翻过来玩儿，还给猫起了个别名叫"小胡子队长"，跟银枝她妈说："你说这真要是一头小豹子就值了老钱了……"

对了，这事儿虽然不能告诉银枝，但是可以先跟她妈通个气儿，他这么想着，掏出了手机。

我十二岁的本命年，我爸妈去世的第三年，我退学了，在那之前我休过一年学，即使上学也是三天打鱼两天晒网，老师们也可怜我，大多不管我，只是背后悄悄议论说这孩子可惜了了。

我坐在课堂里经常出现幻听，总听见我爸爸叫我，还有我妈妈戛然而止的惨叫。最后他们只认出了爸爸戴着佛珠的左胳膊和穿着黑皮鞋的左脚，妈妈的左斜半身连着一张脸，两人都粘满了玻璃碴，可是妈妈的脸很干净，闭着眼睛就像是睡着了，和她生前一样美。揭开白布的时候奶奶捂着我的眼睛，然而我还是看见了，因为奶奶昏倒了。

爷爷拽着奶奶，大声对我嚷："快叫爸爸妈妈！"

我咬紧牙关，阵阵酸水从胃里往上翻，当着所有人的面，我吐得肠子几乎都翻出来了。

又过了两年，爷爷心脏病突发，我趴在病床边，小腿肚子都软了，低声唤："爷爷。"

爷爷去世后，我常常寄托于我家小院里的那棵槐树，树是爷爷在我出生的时候亲手种下的，我小时常在树下玩，每当槐花盛开的时候，我就摘下槐花开始吸花蜜，我奶奶会满大院里摘槐花把槐花攒成团蒸槐花砸蒜泥给我们吃，爷爷去的时候，奶奶每天在树下失神枯坐，到点扫地做饭洗衣服，就像我现在一样被剥了魂，她说，你爷爷和这棵树好，这棵树就有了灵气，你爷爷走了，这棵树也不想活了。

槐树通阴灵，所以我把脸贴在树上，我想让它传话给我的爷爷，让他和爸妈经常来梦里看看我。

我爷爷真的来了，最初那些年，我经常能梦到他，还曾经梦见了他生前一个场景，当时那棵树有些生病了，周围支着铁管，我在树下一圈一圈地跑，想着那个老虎在树下绕圈跑啊跑最后融化成黄油的故事，我说，爷爷我一直跑下去会变成黄油吗？正想着我就绊倒了在了铁管上，他一边扶我起来一边说："妙妙，好好走路，别摔了。"

后来我因抑郁伤心吃多了糖导致了蛀牙，我奶奶给我嘴里塞了好多花椒也不管用，只好带我去儿童医院看牙，那是清明节后一周末，我在牙科的床上躺着，手术灯晃得我睁不开眼，于是我就张着开裂的嘴睡了，迷迷糊糊中我从病床上下来，我爷爷在走廊处冲我招手，我走过去，我说爷爷一次性手术器械盒要五块钱呢，我爷爷从左上衣兜里拿出一叠钱，抽出五块来递给我，他手指黑而有裂纹，缠着胶布，他生前常修自行车，手常皲裂。"怎么这么贵呀？"他说。

"好了，起来吧，漱口。"医生拍拍我，我睁开眼睛，用小塑料杯漱漱口，心里头一次感到了幸福。

奶奶，我梦见爷爷了，他给了我五块钱买手术器械盒。

嗯，我奶奶一边擀着面条一边跟我说，这说明他收着咱们烧的钱了。

后来那棵树死了好几回，我们救回来几次，最终还是锯掉了，木桩当板凳用。

奶奶说，你爷爷转世了，树也陪着去了。

我也不去上课了，那时候奶奶什么也管不了了，只能把大姑的儿子叫过来住着，给屋里压阵，也是怕我被送去安定，我表哥霍一那时候刚考上大学，上学的地方离我家很近。

那个暑假不知道为什么特别热，霍一来的第一天我就感觉到了，他穿着一身骑行服，背一户外包推车进来，摘下头盔和骑行眼镜，眼睛发红，大汗淋漓，就像安纳托利亚下雪时，坠入冰河的野马。

"今儿天真热，妙妙，姥姥呢？"

"我奶奶出去买菜了，哥你骑车过来的？你吃冰棍儿吗？

小雪人儿冰棍儿，小时候爷爷总带我吃这个。"

"没事儿，姥爷走了，我带你吃。"霍一把包放沙发上，摸了摸我的头。

我从冰箱里拿出两根小雪人，那天热得连知了也悄无声息，霍一靠在沙发上，搂着我，我们一起剥开雪糕袋吃小雪人。我们家有一件老式立地风扇，不会摇脑袋，和硝酸亚铁溶液一个颜色，那天只有它在工作，风从霍一的方向吹来，我感到他肩膀上的温热，闻到他被汗蒸出的洗衣粉味儿，奶油滴了一手。

那天黄昏，我们喝完奶奶做的绿豆汤，霍一带着我去看他的大学，走了好几圈，我们谁都没说话，到了一处长椅，我们坐下歇脚，霍一盯着他的鞋看了好久，忽然说，

"妙妙，你退学也没关系，想干什么就干什么，想吃什么我带你吃。"

他说这话的时候被金色的光芒吞没，我霎时感觉爸妈和爷爷就在身边。

霍一喝下一杯冰水，感到内脏有些被揪着了，又看见外面画室里满是年轻人的脸，每一个人虽然疲惫但都在发光，他的舌根泛出些苦味，转头看见那个女孩儿站在角落，玩味地看着他，虽然没有喝酒，却像听了迷幻电子喝了威士忌在舞池跳舞一样昏，他真想把颅骨打开，伸进去揉揉脑子。女孩儿上方的那幅帐幔里春色乍起，两人正宽衣解带欲赴巫山，梁上伏着一只白猫，那妇人的一只小脚从男子的手臂中架出来，微露出两乳，满目春色，男子只露出背部，未得见真容。有个小丫头在外推开木门，欲窥全境。他看了半晌，但觉目光滚烫，不知道

到底是在看画还是看人，女孩儿也不尴尬，她靠在墙上，一手端酒，一手随意地搭在侧身，左腿往前伸，露出红鞋尖儿，不动声色地盯着他，凝神屏息，愈发显得眉目如画。

"哥！"

他一惊，扭过头，发现妙羽已经站在了他的身后，微皱着眉头，"哥你嘛呢？"

"你吓我一跳！我看画儿呢。"

"那姑娘叫杜梨，帮吴畏开画展卖酒水的，我叫她冰花芙蓉白玉肉。"

"你都哪儿想的这五花肉一样的名儿？"

"因为她又白又软，就跟煮熟了的鹅蛋清一样透着亮，对人又爱理不理的样儿。"

"……"再一回头，那女孩儿又不见了。

"别看了，"妙羽抓住他的手，"她喜欢吴畏。"

"猫丢了。"

"啊？咋了？"沈梦华那边吵吵嚷嚷，她们一伙在新疆参加同学聚会，正在吐鲁番吃西瓜呢。

"猫丢了！"

"去哪儿了？"

"好几条胡同都找遍了！我还去后海看了，就是找不到了！"

"被人抱走了吧？那怎么办啊？"

李三鲜一听沈梦华这三心二意的声音便气不打一处来，直接挂了电话，带着小黑就往回走。到家又渴又累，他气得喝了口茶就躺在了床上，迷迷糊糊中忽然听见鸟叫和狗叫，门帘哗啦啦地响,过了一会儿有什么东西跳到了枕头旁边,然后卧下了,荞麦皮的枕头发出了轻微的沙沙声。他心中一喜,想着可能是猫回来了,正想伸手一摸呢,发现自己手动不了了,再一挣,发现整个身子也僵住了,他使劲撑着,潜意识倒是很清醒,甚至还能感觉到有一丝猫胡子碰到了自己的头发丝儿,可是还是动不了,甚至眼睛也睁不开。他知道碰上鬼压床了,有点害怕,只能强迫自己睡下去,醒来时已经是下午快五点,他扭头一看,没有猫。

"到底去哪儿了呢?"李三鲜嘟囔着,起床去尿尿。

他冲出屋子,"小黑!小黑!"

小黑不在院子里,狗链被钳断了,地上还有拖拽过的痕迹,小黑食盆都被踹到了一边儿。两只小毛在笼子里紧紧地依偎着,他过去看笼子,发现食儿与水都被扑腾过,弄得笼子下的报纸都淹了,一股气在他心里憋着直窜脑门儿,心哐当哐当地直撞笼子,柳絮满院子飞,毫不知情。

"小毛儿,小毛儿,"李三鲜声音有点涩,"你们说说,这是怎么了啊?"

"喵喵……"小公毛儿哑着嗓子学了几声猫叫。

有的时候我也会想我的家,我也记不清我的妈妈,那时我还不能睁开眼睛,只能感觉到她温热的厚毛、雪白的腹部、小而柔软的乳头,还有浑身散发的一股奶和松子的甜香覆盖着我,没过多久,我从树上被捅下去了,我听见妈妈在拼命尖叫抵抗,还发出阵阵低吼,她在树上使劲追,企图用爪子把我和我的兄弟姐妹抓回来,没用。外面很吵,轰隆轰隆,没有树洞里那么暖，我和别的小松鼠只能团在一起睡觉，我们摇摇晃晃，并不知道自己在何方，我们或许来自同一片森林，我们紧闭着眼睛鼻子嗅到彼此的味道，枕在对方的身上把爪子缩在怀里。

如今我看到她的眼睛，就像湖水一样柔冷，里面的忧愁就像雾凇，看见我，就化了。这是为数不多她开心的时刻，我能感觉到她伤心的时候，她的周遭被蒙上了一层惨蓝色的雾，这时我闻她就像过期的松子。但是当她向我伸出手的那一刻，我的爪子踏上她的手臂，我脚趾的温热传给她，我使劲地闻她的味道，想知道她去了哪儿，吃过了什么好吃的，一抬头我看见她由惨蓝色慢慢变成温和的蓝色，再慢慢过渡到粉色，甚至带一丝鹅黄，她目不转睛地看着我，一下就笑了，我想起了我的碧根果，嗑开它卡其色的外壳，扑鼻而来的是淡而紧致的肉香。

七毛钱一个小长条烧饼，又薄又脆，铺满了小芝麻，咬下去满口酥脆，糖汁儿入舌，即使这时候看见平生最恨的人，也会觉得没有那么面目可憎，这就是小芝麻烧饼的力量。霍一一边想着小芝麻烧饼的事儿，一边在画廊里转，小芝麻烧饼在银枝家附近卖，银枝喜欢吃甜的，她妈妈喜欢吃咸的，两人总为烧饼的味道打起来，可是她妈妈还是会给她买甜烧饼，因为咸的总是很快就被抢光了。每次霍一去找李银枝，她都带着他去吃小芝麻烧饼，两人一边走一边吃，吃的时候她总咕咕囔囔："小芝麻烧饼缀可爱了，吃了这一口小芝麻烧饼，即使这时候看见平生最恨的人，也会觉得没有那么坏，这就是小芝麻烧饼的伟大之处。"于是，不开心的时候，两人总是劝对方，"想想小芝麻烧饼就好了。"妙羽又去帮忙了，霍一听了她刚才那些话，觉得自己孤独得像结了瓢的老丝瓜，只好想想七毛钱的小烧饼，想想以前。

画厅当中摆着一幅巨型的立体画，画的入口处是两扇木门，吴畏收了很多自然衰亡的叶子和花，把它们穿在一起挂在门楣上，里面春光烂漫，有个赤着脚穿乳白纱裙的西洋女子，还有个戴方巾穿玉色直裰的明朝士子，两人正在一堵红墙下拥抱接吻，女孩被男孩搂住的腰上开出了许多红色的芍药花，他们周围有文艺复兴时期常见的裸体小孩儿在射箭和喝酒，还有一些总角小儿在放炮仗玩杂耍，这些人物都是用3D打印机用石膏打印出来的，石膏体微微膨胀，透过高光可以看见院里人人皮肤光滑细腻，像荔枝肉一样透亮儿。

"嘿，您不进去看看吗？"吴畏的声音在他身后响起，他转头看到一张年轻的脸，单眼皮儿高鼻梁，怎么看都不糙，心里不由暗升妒意，怪不得杜梨会喜欢他，两人简直一对玉虎符，合一块儿就是千军万马。

"啊，怎么个五维法儿啊？"

"啊哈哈哈，来，我指给您看！"

霍一跟着吴畏进入小红门里，忽发现有雪花飘下来，霍一一接，却发现什么也没有，吴畏微微一笑，"您看到的这都是电子光束效果，我这儿可以随意变季节的。"说着他摁了一下手里的小遥控器，所有石膏突然都暗淡了下来，瞬间也没有了雪花。吴畏又摁了几下，世界方有了光，还有阵阵花香飘来，也没有刚才那么冷了，他望着雕塑声音裹磁，"春天来啦。"

霎时鸟鸣四起，霍一下意识地抬头，却什么也看不见，差点被大灯晃了眼，"鸟声也是效果？"

"对啊对啊，撒的香雾也是……您在外面听到鸟叫的时候大约也看不见它们，小鸟都藏进了天空和树杈。"

"这么个五维法啊？"

"这才是三维啊哥哥，四维就是时间，这两个人在属于他们的时空是不可能相遇的，但是他们相遇并且相爱了，也许他们能够在自己的时空里度过四季，所谓天上一天，地上一年，但你看到的就是一瞬间的春光，因为出门两旁就是凋敝的鲜花。"

"那五维呢？"

"您别着急琢磨这个，您一琢磨这个不就没意思了，我带您看一个更好玩的。"

"什么啊？"

吴畏一脸坏笑地带着他走到那两个等人高的石膏面前，吴畏捣鼓了一会儿，把那士子的手从她的腰部掰开，再轻轻地把两人分开。随后他把那女孩儿的裙子解了，霍一看见那女子的全身捆满了石膏雕的玫瑰枝条，乳尖微昂被涂成了淡金色，左胸上盛开着一朵小红玫瑰，她被玫瑰刺蛰了的皮肤上涂上了猩红的颜料，周围还有一些青肿的勒痕，女孩儿的双腿因拥抱的姿势微微分开，她的三角区域也被两条枝条从两侧捆住，血迹斑斑，霍一再往下看，才发现她的脚已经开始变成某种动物的爪子，粘着灰色的皮毛。

吴畏不说话，默默系好她的裙子，又轻轻地在她嘟起的嘴上亲了一口，这时霍一才好好琢磨起她的脸来，发觉她眉毛微皱，闭着眼睛，似有难言的肢体痛苦，可是她还是保持了一个凝固的微笑。

"何必呢？"霍一问。

"她喜欢。"吴畏一耸肩，"正如小说主人公会选择自己的命运，艺术品可以选择自己的模样和造型，他们都是有生命的，只不过在咱们所见的时空，主人公是以油墨结构存在，而雕塑是以凝固的形态存在的。你看过《神秘博士》吗，里面有一种怪物叫'weeping angel'，它们就是以雕像的方式存在的，如果你被它们盯上了，你每眨一下眼睛它们就会向你靠近一步，只要它们碰到了你，你便会被传送到古代，你的世界会为你立一座坟，你再也不可能回到现在。而这些怪物则吸食你被转换时的时空能量，维持生存，这些怪物就是五维空间的大门。这女孩儿在接吻的那一刻就被捆住并转化了，她的爱情是她的五维。"

霍一刚想说话就被吴畏制止了，吴畏转而去脱那男孩儿的衣服，霍一本以为这个男孩儿身上也是荆条丛生，结果发现男孩儿身上并无一道伤痕，反倒肌肉匀称，十分健康，他的手臂保持着拥抱的姿态，眼睛微闭，嘴角上浮，显得得意扬扬，霍一看到这儿有些许不悦，"你想表达什么呢？男女不平等？"

"最好的地方你还没看到呢。"吴畏撩开那男孩儿的遮羞布，那里只有一个小洞。

霍一被惊得说不出话来，"这是……"

吴畏笑了点点头，"您知道芍药有别名吗？"

"什么？"

"将离。"

那个夏天霍一没事儿就带我出去逛，那是我经过天安门次数最多的一年。有天我们去故宫，那天特别晒特别热，我们谁也没带伞，就只好去宁寿宫那边凉快凉快。去之前，我使劲搂着霍一的胳膊，怕瞧见穿着淡青绸子长旗袍的珍妃在那儿走来走去，我一直觉得我八字太轻了，没落着过什么好儿。霍一就安慰我，不怕，不怕，有我在呢啊没事儿，而且正午阳气足，菜市口杀人专挑午时三刻。我们俩七拐八拐到了贞顺门内的珍妃井，看到了一口圆墩墩的白井口石，上穿一根铁棍，有人说这是慈禧怕珍妃冤魂再闹给锁的，又穿过厅堂去看了她的牌位和照片，浑身激灵，总算凉快点儿了，后来才知道她曾草葬于李银枝家附近，银枝还长得有点像珍妃，当然这都是后话了，那时候我哥还不认识李银枝呢，但是他一直挺喜欢珍妃，宫里最后传出珍妃亡殁的好多传言和记载，我哥唯独信把她推下去的那崔玉贵说的话，珍妃去前顶撞慈禧说自己罪不当死，谁走了皇上都得守着紫禁城，临了大喊"皇上，来世再报恩了！"他每每看到那段，珍妃声音仿佛就在耳边，一听就要掉眼泪儿，所以遇到什么他并不觉得害怕。霍一就在珍妃井旁边悄么声地跟我说的这些，我说，哥你这样我害怕，难不成你还是光绪转世吗？

"你知道珍妃起尸现场光绪都没来么？可能是慈禧的意思，但更多的我觉得他是真不忍心看，看了那才是酷刑，而且他身体和精神更是受不了，生平最爱的两样：珍妃和变法，都被他皇爸爸折了。后来他要了珍妃曾经用过的帐子，时时看着那个凝神，再不近女色。再后来他无法下床也一口药都不吃，活活地撑到殡天。"

"他俩都真有骨气。"

"赌气成分多啊,摊上那么一老太太。人要真有灵魂就好了,妙妙,这样咱们都能宽心许多。"

我没说话,又看了一眼井就和霍一走出去了,我们一直往故宫的后门走,快到神武门的时候在一个殿外找了一处台阶坐下,我带了一包荔枝,我们俩背着太阳坐在汉白玉台阶上,开始剥荔枝吃,太阳特别烫,但我们谁都没在意。荔枝们都觉得故宫里很热,一个个都发起烧来,就像它们的祖辈从广东被快马运到西安时一样晕晕乎乎,我把它们的衣服脱掉,然后把它们肥甜的身子塞进嘴里,感觉很幸福。巨大的乌鸦站在琉璃瓦上俯瞰着宫墙和我们,它们每天都吃得挺饱也不招人嫉恨,除非御花园的树打药,否则别想伤这些老鸹一根毛。我吃着荔枝,心里对故宫毫无感觉,霍一在台阶上伸直了他的长腿,我心思全在他身上,偶尔回头看他一眼,他便对我笑笑。

"妙妙,你跟哥哥说说,你以后想干什么呀?"

"和你在一块儿呗,你去哪儿我去哪儿。"

"除了这个呢,咱找点乐子,总得有事儿做么不是?"

"我想跟奶奶学和面做包子做烧饼做馒头做芝麻酱花卷做懒龙,然后我俩就在大院儿里支个摊子卖,肯定生意特好。"

"……也不是不可以……但是咱们院儿里食堂多便宜啊……"

"那……"

"还有什么别的想法吗?"

"我想当一作家,出名以后就像塞林格一样远远地躲起来,谁也别想找着我。"

"那我呢?"

"我会养一堆鸽子，我每天都放一只绑着纸条过去问你，'您吃了吗，哥哥？吃的什么啊？我今天就特别想吃那榴莲酥，您托咕咕给我捎回来呗！'然后晚上咕咕玩儿回来的时候就能给我带盒榴莲酥回来了。我就在郊区的一个小院儿待着，平谷、密云的什么都行，每天喝茶看书画画听戏写毛笔字，喝完明前的春茶就往黄土地上一泼，绝不看报纸。每天上午，伺候动物和它们说说话儿，玩一玩儿，中午我们吃完饭都美美地睡一觉，下午睡起放民乐，手磨一杯咖啡，再就着亮儿画一只小公鸡，这样第二天早晨它就能叫我起床。到了冬天，我就揣着手烧火炉，动物们都在我屋里躲着，我们团一起哆哆嗦嗦地听《种太阳》，兴许能暖和点儿。这时候冻得都写不了字啦，也画不了小公鸡啦，谁想那么早起啊？我就斜倚着枕头听着北风骂。"

"干吗还骂啊？"

"我最讨厌冬天了，在郊区还不得冻死！许它冻我，不许我骂它？当然得骂！要不你妹妹准得被活活气死。"

"……那小鸽子背着榴莲酥回来那么沉不得坠下来让人吃了啊？"

"那你就给我送过来或者快递过来！"

"你打一电话不完了吗？那样多快啊还飞鸽子，到城里就被人吃了。"

"我不管！飞鸽子才是最酷最浪漫的交流方式！我要把咕咕们训得都跟宫廷信鸽一样聪明！"

霍一被我逗得哈哈大笑，什么都没说，后来他上了大学，有天给我带了一本王世襄的《明代鸽经清宫鸽谱》。

我们在台阶上坐了一下午，那天我穿着一身绿色的碎花小裙子，后背露出来的地方被艳阳给晒伤了，一片通红就像着了火，于是我哭着回家了，霍一给我上了半年的药才好。

"稳住，稳住。"李三鲜默默念叨着，顺便将一捋心脏，怕自己突然晕过去，干土木的什么没遇见过？每次开工前都要摆上九柱高香九桌酒菜请人做法来安抚土地和未知，工程监理验收哪一次不是勤勤恳恳，小心端着生怕出人命事故，除了脾气急一点儿到底是哪儿得罪了什么人呢？李三鲜曾经有个同事叫秦工，那人做事认真，就是特别抠门儿，有次他孩子相亲，他请对方女孩儿吃了顿饭，结果后来俩孩子没成。从那件事之后，这个人也不知怎么就魔道了，走路说话都不对劲儿了，李三鲜现在一闭眼睛就是那个人夹着图纸走路的样子，跟谁都笑眯眯的，只觉可怜。

"稳住，稳住。"李三鲜顺顺胸口，一拍脑瓜，洗手之后，忙从柜子里抽出香来，给观音菩萨点上，然后又洗了几个大圆苹果，把之前的贡橙给换下来，再换一盏清水，端站在菩萨前，口里念念有词了一阵后，坐在沙发上待了片刻，眉头都能揪下来做疙瘩汤了，"小黑，小黑呀，我的小黑。""小"字一开口，鼻子就酸了，实在没劲儿出去找了，银枝过两天就该回来了，这可怎么办。

有次猫也跑丢过，那次银枝她妈妈非得抱着猫出去遛，刚走到胡同口猫就被车吓得挣开跑了，沈梦华赶紧大嚷一嗓子："耗子（银枝）！小黑！猫跑了！"银枝从屋里蹿出来就去找猫，最后小黑帮着忙大家才发现猫吓着躲在一片靠着墙的灌木丛里，除了有矮冬青之外还有带刺儿的枝条，满地的刺刺草和毒蚊子，大夏天的下不去脚，大家无奈只好顺着草丛边儿哄猫出来，可猫就是不出来，在里面犹疑着，把右前脚抬起来抖几下，惊恐地瞪着大眼睛，就像个毛茸茸的小豹子。后来大家发现在靠墙的地方有个井盖，那地方正好有个空，于是轮流钻进去给猫招安，结果猫往往快要走出来的时候又自作主张地回去了，最后李三鲜揪着猫腿上的一点皮生是把猫给拽回来了。

"你不是想离家出走吗？你跑呀！我看你往哪儿跑！"李三鲜为此骄傲了好几天，用别样的语调对猫炫耀道："还是我把你抓回来了吧！哈哈！"

"喵~"猫娇娇地唤一声，走过来蹭他的腿，好像那个吓得躲草丛里不出来的不是它一样。

挂了电话，他才突然想到还不能跟银枝说猫的事儿呢，再打过去，她手机却关机了。

我路过一个板凳，上面摆满了壳子装的 CD，我爱蹦上去，然后闻一闻它们的塑料味儿，再撒上几滴尿，这些音乐就都是我的啦！爬上那座 CD 山，就能跳上那头笨笨的木桌子，我在上面撕桌子皮就像撕硬面包一样开心，欸啦啦欸啦啦，我的板儿牙感到非常愉悦，磨一磨我的小黄牙，感觉窝在笼子里的忧愁都烟消云散啦！有的时候她不在，我怪孤单的，就自己找个墙角使劲嗑，弄得满嘴都是白色的粉末，连胡子上都沾上了一些，实在瘾大。

我喜欢她陪着我，可是她总是把我丢在那扇门的后面，她去哪儿了呢？我每次都跟在她身后跑，从架子上穿过去，从地上冲过去，就希望能爬在她的身上，和她一起出去玩。可是她一溜烟就冲出去了，门一关，我愣在了那儿，只好气得回去撕桌子。有的时候屋子黑了，我睡在一团软绵绵的恐龙上，她才推门进来，我探出脑袋，我们互相激动地向对方奔过去，我"咕咕咕"地叫她的名字，欢迎她，爬到她手臂上拥吻她，她低下头把脸凑近我的背，"真馋啊，你这只鼠，真是一只小馋鼠啊！"

看完那作品之后，霍一从小红门里迈出来，怆怆然"今者吾丧我"。举目望四方，只觉画廊里其他作品全都失去了兴味，真是无味艺术展。吴畏找了皮筋和发带把头发捆起来盘在头顶，又从门口的插花中剪下了一小枝桃花，斜插入发髻，对着大厅一面玻璃草草看了一眼，把手一背，点点头四处闲逛去了。霍一看着他一身海军白配这道长头，才明白他才是这个厅中最夺目的展品。再一扭头，他看见一幅面容模糊的油画旁边，款款地站着一个杜梨，哀媚地看着吴畏踱步，霍一方觉满室生辉，目不能接。

霍一四处走动，看见了一个玩偶柜，里面都是用木雕的彩色小动物，每个都用砂纸打磨得光亮，每个小动物都穿着不一样的衣服，在属于自己的隔断里讲故事。一只鳄鱼穿着连体的皮夹克趴着，嘴里还叼着一只羚羊腿，嘴上和黑夹克上都溅上了些许血迹，它的不远处有一只惊慌逃窜的三条腿的羚羊，羚羊的小黄衣服上满是血迹和苍蝇，如果细看发现还流着眼泪，旁边一帮举着酒瓶子的鬣狗早已准备好了烧烤架。一只丹顶鹤穿着白色吊带儿和小黑裙子，正在张开翅膀伸腿儿跳舞，爪尖儿还被涂上了红色的指甲油，正配头顶的那一顶小红帽子，她的伴侣穿着白色小西装，系黑色领结，用翅膀拿着一个红色的小话筒引颈高歌，不远处一个猎人对着他们举起枪口……

"哥。"

"嗯，我知道这是你做的，一看就知道。"霍一笑笑，妙羽跳到他的面前。

"我告诉他我的想法，他总能帮我实现，这算是我们合作的生态艺术品。"妙羽伸手抓了一只手掌高的松鼠出来，那只松鼠穿着灰毛大氅，正在认真地嗑榛子，看起来没有任何异样，直到"嗑"的一小声，妙羽拔掉了松鼠的尾巴，把松鼠从中间打开，那里面蹦出来一个小人儿，霍一把它拿在手上看，小人儿有半个手掌大，全身赤裸，头发散着，但五官做得非常细致，杏核眼尖脸蛋，是妙羽的模样。

"刻这么细，那小孩儿真有心了。"

"唔，哥你看那鳄鱼的小皮夹克，松鼠的衣服和那仙鹤的指甲油什么的，都是我弄的。"妙羽低下头，打算把小人儿装进去。

"其他动物里都有小人儿么？"

"没有，只这一只。"

"真用心啊，妙妙。"霍一摸摸她的头。

妙羽不说话，只是跟在他身后慢慢溜达，他看见油画、雕塑，人来人往，光影交错，觉得自己变成了一只水母，浑身透明，游荡于世，毫无扎根的意思。他也曾枕在银枝的浪头，期望她将自己带到什么地方去，越过人海和肉林，远离浮躁、困顿、炽热和无助，把头靠在她的胸上，想象着里面有一只小怪物马上就要破壳而出，他怀着一种前所未有的愉悦想着那只怪物蜕皮的样子，她的皮肤从葱郁的隐秘处，顺着肚脐平滑开裂，至乳房处如胶冻儿一样弹开呈圆形开裂，他闻到了松林间的清香，还有点蜂蜜的甜味儿，她的脸逐渐透明、发亮，变得豆腐一样柔嫩，他伸手去摸，却发现她的脸已消失不见。待他回过神来才发现，一个毛茸茸的东西已经从那里钻了出来，绿色的大眼睛，粉色的小鼻头，张嘴打了一个哈欠，露出了尖尖的犬齿，再伸一伸懒腰，细细地嗅了嗅，"喵呜"一声就把他吞进了肚里。

众妙之门。

神思游荡之间，他忽看见一座玻璃罩子前人头攒动，走上前透过人缝看见玻璃里是座白巧克力做的巴别塔，巴别塔上每一个门洞都刻得分外细致，塔上未完工的部分还用砸碎的 MM 豆组成废墟，还立着巧克力做的建筑架子，在巴别塔上还多出了一些别的建筑，比如微缩版的长城、金字塔、泰姬陵、古罗马斗兽场、帕特农神庙、巨石阵等等，在巴别塔的顶端是用棉花糖织成的绯红色云朵。待人群散开些许，他看见塔下有无数黑巧克力做的穿着布衣的苦力和奴隶，牛马和砖车，碎 MM 豆做的土堆和石块杂乱地分布着；在更外围的地方，高大的罗马骑兵，精瘦的春秋兵马和肥胖的埃及士兵穿插着组成九个小方阵在塔下守候，有的仰着头看塔，有的低头看肚子，有的摇旗呐喊，有的紧盯着奴隶，神色各异，不一而足。

"哥，你看见这巴别塔了么？都是他一点儿一点儿抠的，整个一冬天就憋茶室里，不敢开暖气怕巧克力化了，那屋子朝北，一到冬天整个屋子阴冷阴冷的，怕影响工作效率，就穿着羊绒刻，那么漂亮一双手，关节全冻肿了。做到兴起时，他就让杜梨给他冲咖啡，整夜整夜不睡，我去的那天他一晚上没睡加上屋里冷，整个人都是青的，话还特密：

'妙妙，我知道你想吃这塔，但是这塔加了好多东西，你吃不了，但你放心我到时候底下给你打印好多小士兵，你一口就咬掉一脑袋，岂不快哉。'

我就跟他说：'你疯了吧，你这样不得生病啊！'然后就催他去睡觉。

他说：'这屋这么冷我怎么睡啊！'

然后我就说：'你回头这屋里都贴上春宫图你就不冷了，看了就心旌摇曳，浑身发热！'

结果我没想到这小子真给贴了满墙，我开始一进去都惊呆了。"

"你是说现在这些小兵人儿都能吃吗？"

妙羽说的话明显吸引了一些看展的，大家一听有吃的都过来了，妙羽笑笑，把他拽出人群，"我说了那么多你怎么就记得这个，我就是想跟你说，他做什么都认真。"

"可他对你分外认真。"

"那又怎样。"妙羽有些生气地看着他，又望向远处的杜梨。

杜梨站在那儿，一无所觉，吴畏是才她的眼珠，他走哪儿她看哪儿。直到吴畏走到妙羽的旁边，杜梨才惊觉这两人在看她，遂把头一低，走到一边去了。

"怎么样啊，表哥，我这儿好玩儿吧？"

"挺棒的，我听妙妙说了，你真用心啊。我看见你的巴别塔了，还有你那些蜡制的佛像和百家争鸣的圣人像，你那个动物木雕也挺棒的。"

吴畏眼睛像碎了的玻璃，剔透地扎他，"我这一屋子宝贝，您最喜欢的是哪个？"

"都挺喜欢的。"

"我知道您最喜欢哪个，哎！杜梨！"

心荡百骸。

再回过神来，杜梨已经站在了面前，展厅朝南，总有阳光，因而她每个细胞看起来都在发光，真是什么冰花翡翠白玉肉，如果能生吃一口，惹得她惊叫一声，该多美。他这样想，不由得开心起来，就像吃到了小芝麻烧饼。

"来，表哥，刚想起来忘了给您介绍了，这是除了这屋作品之外的五维小生命，杜梨，我女朋友。"

有天下过阵雨后，北京城被高温蒸出白雾，柏油马路上烟波浩渺，我和霍一出门蹓跶，没一会儿两人就在院儿门口买了个大西瓜，然后抢命似的回家了，又闷又潮没有个四九城的样子。回家开开空调，让奶奶杀了西瓜，我们仨就张着一小脸盆吐西瓜籽，这才觉得痛快。

从小奶奶疼我到心坎儿，我小时候大院儿里有好多野樱桃树，小孩们经常提着塑料袋和盆儿去摘，穿过以矮冬青为首的灌木丛，跳进齐膝高的草丛里，首先要对付的就是缠地的刺刺草，它们经常把腿上拉得都是血道儿，热汗一流刺疼，还须得避开美丽冷酷的银边龙舌兰，胳膊被它们的硬刺扎一下可了不得，除此之外，还有黑花蚊子这一人类天敌，可我从来不在乎，一边往嘴里塞那些生着细腻绒毛的小红樱桃，一边扯樱桃往塑料袋里扔。我们总比谁摘的樱桃越大越红谁就赢，那时候我就知道了，最尖儿的果儿一定长在最高的枝儿上，于是就拨开枝条，纵身一跃，期望够到最高的枝干，一只手拽着枝条往下压，腾出另一只去摘那颗最漂亮的大果儿，为此胳膊总是伤痕累累。奶奶为了我天天去园子里摘樱桃，她特招蚊子还总被划出血道，但总说没事儿。

小时候只有逢年过节才能见到一次霍一，所以每次都希望过节，过节就能看见他了。小时候如果看到奶奶家楼下停着一辆黑色桑塔纳，我就知道是我姑姑开车带着霍一来了，会立刻蹿上去找他。

霍一在家看艾斯奥特曼，我撕开两袋小浣熊干脆面，一袋给他一袋给我，小时候集水浒英雄卡，集齐几个英雄就能换巨幅英雄海报，为此奶奶为我买了一箱小浣熊干脆面，为了让我集齐那些卡片。我学着霍一的样子把面饼捏碎，然后再倒上作料摇摇吃，那集艾斯打一个吃了被污染的牛肉而变异的人类牛魔王，坐在他身边看电视的时候，我永远记住了艾斯的银手套。

由于我爸长期驻留在外，我妈工作很忙，所以我常盼着他来看我，仅仅是坐在一起看电视吃果冻就已经很幸福了，正是由于这种童年的稀缺让我对于他分外依赖。和他在一起相处的时光简直就像过年才有的新衣服，穿上就能得到无数甜蜜的糖，看到无数的烟花，而我的奶奶，总能做出最好吃的饭给我。

我们坐在一块儿吃西瓜，吃完西瓜以后我突然想到了这一切不会持久，早晚有一天，他也会被人抢走，就像我的父母一样片甲不留，我的奶奶也会离开，就像我的爷爷一样不知所踪。

"你怎么不告诉我他俩好了啊？"

"我不是说了吗？别想了，她喜欢吴畏。"

"那小子对你怎么回事儿啊？他还问我那样的问题。"

"什么问题，什么怎么回事儿啊？"

"哎，我说那女孩儿怎么看你一直带着哀怨呢，你以后少去掺和人俩。"

"霍一！我掺和人什么了？"

霍一右手翻了张 Blur 的 *Think Tank*，塞进车载 CD 机里，摁到 *Good Song*，然后系上安全带，车里温度适宜，妙羽在副驾驶上系好安全带后也摇下车窗，有几团儿柳絮飞进来，两人就在 Damon 又软又轻的声音里上路了。

"幸亏你没要他给你的巧克力兵马俑，要不他女朋友看见了得多尴尬啊。"

"哥，你别妄想以此掩盖你的虚心，你当时看人眼睛都直了，你原来对银枝都没这样过。"

"别瞎说，我昨儿晚没睡好，看谁都那样。倒是你，你别去招那吴畏了，他盯你比蚊子紧。"

妙羽把歌切到 *Sweet Song*，往后一躺，再也不说话了。

李三鲜去敲邻居杨乐的门，杨乐他们几个小青年在这儿合租，平时神出鬼没，这时大周末的正在屋里捣鼓着看片儿，几个小伙子笑声中穿插着"我靠"和"牛逼"。听到敲门声，"有人敲门"，"谁啊？"此起彼伏。不多会儿，杨乐声音和脚步同时传来，"哎，你们几个等一下啊，这里有人敲门，我去开下门，小圈你暂停一下吼。"

门吱呀一声开了，出来一个满面红光的圆寸青年，大眼睛矮鼻子，嘴唇微厚，年初从福州来到北京，在这儿租了有半年了，"有什么事吗？大叔？"

"哎，小伙子我问你们一下，刚才你们在屋里有没有听到什么奇怪的动静啊？"扑面而来一股混着啤酒烤串和花生米的人气，里面关着灯，只有电视屏幕放出点儿光，两人回过头来看他和杨乐。

"没有啊，我们一直在屋里看电影啊，没有听到什么特别的啊，怎么了大叔？"

"我狗丢了，有人把它链子给解了带走了，还给我留了一奇怪的小条。你们听到狗叫了吗？"

"啊？这个，我什么都没有听到，你们听到什么了吗？"杨乐转过头问屋里。

"没有啊。""没听到。""没有哎，我们都一直在看片子，什么都没有听到。"

"等一下，我想起来了，我刚才出门上厕所的时候好像在胡同口看见了一辆面包车，觉得有点奇怪。"那个叫小圈的年轻人站起来向李三鲜走来，"大爷您跟我来。"

两人走到院门口，今儿是周五，第一幼儿园放学了，胡同里到处是接孩子的家长和车。小圈指着胡同口那家顺心餐厅说，"刚才我出去时候看见一人从厕所里出来，那人经过我身边的时候，身上特大骚味还有点腥，我当时想这人是不是尿身上了，就回头看了一眼，那人穿一个蓝格子上衣，走到面馆，打开后车门看的时候，有一黑袋子掉出来了，袋子口露出一些黄毛，我当时以为是那家装修进的椅子垫什么的也没多想。"

李三鲜知道八成是遇上偷狗的了，"你进院儿的时候看见我们家小黑了吗？"

"我没注意，好像没有。"

"坏了坏了，"李三鲜难过得直摸头，揪自己耳朵，"我就今天一天没把小狗叫进屋里，小黑就被偷了。"

小圈带着李三鲜回到院子，"大爷您别急，您赶紧去派出所报警调录像看看吧，我们再帮您在网上发一个寻狗启事。"

"嗯，哎，好，小伙子你介意跟我去做个证吗？"

"啊好，我跟他们说一声。"

李三鲜有些哆嗦地把鸟笼拿回屋，然后锁了家门，和小圈一起去景山派出所报案，路过胡同口的时候，他还进去问了问顺心餐厅的服务员，"小姑娘，你们刚才有一面包车你看见了吗？"

"我们中午这里挺忙的，没注意。"

"就你们看见一个大黑狗了吗刚才？"

"好像听到有狗叫，但没有看见。"

"好，谢谢。"

经过南剪子胡同，左拐进到魏家胡同，再向南拐去南吉祥胡同，最后进了景山派出所。李三鲜想起银枝初中的时候在 165上学，小孩儿上体育课跑 800 米，学校那时候没操场，只好从西门出去绕着马路跑，那时候银枝还上初一呢，每次跑到景山派出所就再也跑不动了，中途老想偷摸跑回家。

"警察同志，我家狗丢了，邻居看见说是被一辆面包车偷走了。"

"您家什么狗啊？上户口了吗？有证儿吗？"民警是个年

轻小伙子，估计刚毕业不久，盘头问道例行公事。

"拉布拉多，有证儿啊，房山上的。"

"您怎么房山上的？市里有规定，二环里不准养大狗，您不是不知道吧？"

"我知道我知道，原打算过几天就送城乡去的，这不没来得及就丢了吗？"

"得，那来做个笔录吧，做个笔录我们才能给你立案调查呢。"小伙子拿出张纸就开始记。

"对了，警察同志我家那猫也丢了，在狗走之前丢了两天了，您说这……"

"别着急，您一件一件说，我们尽量给您找，您八成儿啊是遇到那种盗狗团伙了，我们之前接到一起，是偷了人家小泰迪送去卖的。"

"您是不是招惹什么人了？社会关系复杂吗？"那姑娘问。

"我都退休了，哪儿能招什么仇呢？"李三鲜叹口气，"拜托警察同志们了，辛苦辛苦。"

"先跟您说好，这猫可真不好找，猫不着家啊，先给您扫一遍录像，然后您自己去微信微博发发帖子，看看有没有知情人。"

写完单子后让李三鲜签了字，还给他了个回执单，然后才带着李三鲜和小圈去调录像，李三鲜又急又高兴，觉得终于可以看录像了，想着逮住那些孙子就把丫手筋给挑了，紧跟着警察后面走。

胡同口的录像显示中午一点多的时候李三鲜带着小黑从山老胡同出来，接后脚就跟了一个穿灰衣服还戴眼镜的瘦子，跟着李三鲜一直进了汪芝麻胡同，再调第一幼儿园旁边的录像发现那人跟在李三鲜后面三十米左右的距离，看着他进了门过了一会儿才走。

"这人你认识吗？"

"我不认识啊，没见过，一般我认识的人都不知道我们家住哪儿。小圈儿你认识吗？这是之前你看见的那个人吗？"

小圈摇摇头。李三鲜继续盯着另一块儿屏幕，过了一会儿那人出来了，在胡同口探头，还打了一电话，接着就离开了画面。

"你说你们当时谁都没听到动静是吧？那你们估计是下午几点出的事儿？"警察暂停了一下录像，问李三鲜。

"我回到家大概两点半睡下了，那时候小黑就在院子里的树下躺着，那儿凉快，猫刚丢，所以我特意给他系上了链子，没想到那帮孙子给我把狗链剪了。睡了一会儿后感觉有点不对，猫好像回来了，然后我想起床睁眼，好像碰上鬼压床怎么也起不来了，我觉得应该是三点多。"

小圈抓了抓头又摸了一下下巴，"不对欸，叔叔，我们是约着中午在南锣鼓巷一起聚聚喝酒吃饭，然后我们从那边走回家大概是三点四十分左右，那时候小狗见我们进来还摇了摇尾巴。我们进屋以后都没觉得有什么异常。"

警察没说话，开始快进倒两边的录像，没发现有什么异常。直到快四点的时候发现胡同里有不少好车拐进来，幼儿园放学，不少接孩子的，所以特意慢下来，得一个一个的盯，忽然一辆面包车慢慢驶入视野，停在了顺心饭馆旁边。一个光头胖子从驾驶室里出来，一个穿蓝格子的中年男的手拎着一个大黑袋子，还有那个穿灰衣服的瘦子从面包车里推门出来。三人走进胡同里，混入接孩子的人群中看不出异常，到了李三鲜家的院儿门口，光头胖子停在了门外，蓝格子和瘦子推门进去，七八分钟后两人从院里出来，瘦子戴着手套夹着皮包，蓝格子男人抱着一个扎了口的黑袋子，三人快速往车那儿走，把袋子塞进了车里。过了一会儿，蓝格子男人折返，经过李三鲜家院儿时又往里搂了一眼。等他再从厕所出来时，与从院里出来的小圈擦肩而过，头也没回。

"目前来看，这三人有作案嫌疑，我先记下他车牌号，给交警队那边打一电话让他们调录像查这车去哪儿了，您可以存一份这录像，回去等消息，我们尽量给您快点儿办。"

"我这哪儿还等得了啊！警察同志，我这狗也是条命啊！"李三鲜嘴唇青紫，气得直咬牙。

"您赶紧叫上您家里的人，或者发动发动邻居，去咱们东城这一带宠物店，卖狗肉和卖串儿的馆子都扫听扫听^①，没准儿还有希望。"

　　几乎这个地球上的大部分松树是我们种的，我们知道怎样闻出最优秀的种子和探听到最可口的果实。松鼠是这个世界上最伟大的生物之一，因为我们几乎知道森林里所有的秘密，当爪子伸进树洞里的时候，能掏出松毛虫幼年的梦想；当秋天松

---

①北京方言，意为"打听打听"。

塔开裂的时候，我们常常会向松树致意，吃掉它的孩子；在白雪像发糕一样在整个森林发起来的时候，我们藏在树洞里，偶尔看见火红的狐狸跑过，雾凇掉落它的身后，他们微微冒着热气的鼻子让我们惶恐。

我在笼中全力蹦跳，就为了引起她的注意，让她放我出去，和我一起玩。

总之那个夏天，我的日子是糊的，无字毛边书一样迷迷瞪瞪，每过一天都被我温柔的哥哥裁开一页，被我勤劳的奶奶浇上绿豆汤、紫米粥、薏米粥、娃哈哈，辅之以豆包、花卷、馒头、肉龙、米饭、炝炒白菜、蒜苗炒肉、蒜薹炒肉、土豆炖豆角、白菜粉条、冬瓜丸子汤等，这样每一页才能慢慢地洇出点颜色，出点轮廓，点悉自己的存在。

少儿频道播《麻辣女孩》和《海绵宝宝》，那时候我总梦想成为麻辣女孩儿，而我哥喜欢海绵宝宝，他说麻辣女孩儿的男搭档和海绵宝宝的中文配音是同一个人，这让我很高兴。奶奶每天都买很多水果，混熟了整个菜市场，站在水果摊前一个小瓜一个小瓜地闻，闻到最甜的才挑回来。霍一回家挑冰棍儿时，恰逢我睡觉，我奶奶就让他等我醒了再一块儿吃，这样他也不会因为忽然由热入凉对身体不好，二来奶奶怕他把我爱吃的冰棍挑走，我醒来以后会不高兴。我想我大概是一个老式方块小机器人，每天从床上醒来就能吃到我奶奶做的小米绿豆粥和南瓜胡萝卜馅包子，然后定时和我哥一起坐在沙发上看电视剧，那时候他还在小店里买来那种盗版的电影光盘，一张里有好多王家卫的电影，我们调声道都得调半天，有时候调出对不上口型的国语，有时候能调出正经的粤语可是没字幕，可是我还是记住了《重庆森林》里王菲拿着一架小飞机模型飞来飞去的自由感觉，我喜欢小飞机模型，我指着电视说，爸爸每次坐飞机回来，都给我带飞机模型回来。

模型都在哪儿呢？霍一问。

都让我收拾到柜子顶上去了，奶奶说，后来都被妙妙飞完了，闹着要找她爸妈。

从今年正月开始，李三鲜就感觉自己的脑子里好像钻进去一个小人儿，总在里面嘀嘀嚷嚷，他总想把它从脑袋里拍出来，银枝想拽着他去医院看看，可是李三鲜拧着不去，就像他胆结石了二十几年也舍不得把胆从身上割下来一样，本来就胆小，再割下来就没胆儿啦，沈梦华老说。

于是李三鲜就忍着，感觉声音越来越大，越来越嘈杂，每天只有睡觉的时候方能安稳些许，他之所以不去医院就是因为觉得那声音好像要告诉他一些什么，起初他有些害怕，转而想到每次睡觉时小豹猫就在枕头边上，但凡耳朵里出来点什么小人儿之类的，它能一口就吃掉。这小猫的性格像银枝，李三鲜想着，捉摸不透，歪得很。这两天没有了小猫的呼噜声，他只有累得不行了才能睡着。又跑了一圈后接近天黑，李三鲜胸口有些堵得慌，之前被查出来有些心律不齐，他索性放慢了脚步，攥着警察给的回执回了自家胡同，到家鸟都睡了，更没人跟他吱声儿，听着那帮小伙儿的热闹，觉得自己分外凄惶，就想给银枝打个电话。

还是没人接，李三鲜挂了电话，给自己打了个玉米糊，熥了一个馒头，拨出来点酱豆腐，打开电视，边看边吃，以往这时候小黑在脚边直打晃，现在什么也没了，家里光景最好的时候，多热闹啊，花鸟虫鱼走兽，媳妇儿闺女父母，一大家子吵吵嚷嚷他总嫌烦，那时候他也总去全国各地工程验收，一周也在家不了几天，如今正好相反。

过了两天，警察通知他说端了一个狗肉馆子，让他去余下的狗里认领，他找了半天，没有一条是他的小黑，他抱着侥幸的心理讪讪地摸了摸那些狗的头，准备离开的时候不小心崴在了垃圾上，垃圾洒了一地，落在了警察脚上，有个东西丁零当啷地滚了出来。

小黑的项圈，他特地刻的名字。

霍一把妙羽送回家，他姥姥并不在家，跟着一帮老太太组团去做理疗了。

他叹一口气，两人照旧坐在沙发上歇了一会儿，沙发依然是九十年代的旧沙发，红绒布沙发温柔敦厚，铺着久远的毛巾毯，土黄色的巾上用粗墨描了山林和一只长啸的猛虎，再罩上一层雪纺针织的沙发巾，有时候坐猛了会把沙发巾给拖下来。电视倒是换了广角的液晶电视，原来他俩看过的 24 寸海信老电视被搬到了奶奶睡觉的屋里，那屋里还放着奶奶用家电票换的熊猫牌彩色小电视机和蝴蝶牌缝纫机。时间倒回十几年前的寒冬，每一个大雪纷飞的夜晚，妙羽都和奶奶一起用熊猫看电视剧《花木兰》，把天线掰出来，调扭调半天，靠运气才能出来颜色和图像，不过由于天气不好和线路老化各种原因，有时候两人拍了半天电视也不管用，只好一边烫脚一边看着雪在花大将军脸上飞，如果再把表往回拨，那时候爷爷尚在，每天清晨八点多，妙羽起来喝了粥就和爷爷一起窝在沙发上看《水浒传》和《西游记》。

有时候觉得，人生不过鸿爪雪泥，他妹妹经历了那么大的事儿，现在还不是活蹦乱跳地长大了，虽然情况时好时坏，但也还是长大了，没有自杀，也没有疯，作为一个完美的有机体，漂漂亮亮地长大了。这么一想，自己弄丢了多年的爱人，碰上了不可碰的女孩也没什么大不了了。

"哎，哥别想了，你知道吗？"

"嗯？"

"唉，别伤心了，杜梨不是你的别伤心。"

"别胡说，瞎说什么呢，你离吴畏远点儿。"

"人们都得有这些诱惑不是吗？正是靠这些诱惑我们才活下去的呢。"妙羽笑得像个被磕过的苹果，"昨儿银枝姐给我打电话，说她要回来了。"

"爸，我回来啦，"李银枝抱着家里的猫推门进来，"小猫还跑胡同口儿去接我了，你怎么又让它跑出来了呢？"

躺在床上的李三鲜一下蹦起来了，穿上鞋冲出去看猫和闺女，她们都瘦了一大圈。女儿的眼睛浮肿，眼窝深陷，猫的脖子明显被勒出一片痕迹，凹下去了，他喉头上下浮动，装作没看见，"回来啦，大猫咪和小猫咪都回来啦！"

后记

我与小说同生死

这本小说集里有许多故事，它们基本都取自我经历过的事故。

写后记的这天，正好是我生日，我的第一本短篇小说集也恰好完稿，这一切不啻于圣婴的初次洗礼，佛祖讲经时飘下的漫天花雨，如齿轮般丝丝入扣的命运，终于转出了一扇旋转门。

这本小说集里有很多科幻情景，但科幻和魔幻都是故事的外衣，我并不认为自己是科幻小说作者，只是喜欢在小说中加入"近未来"的元素，遁入一个没有那么丧的空间，用想象力构造出一个王国，那里草木皆兵，那里雕梁画栋，谁都可以进来掰一块儿巧克力屋顶尝尝。

从我认字儿开始，我就希望能成为一个真正的作家，于是我大学选了中文系，后来出国读了现代文学和创意写作的研究生，学会了双语写作后，我的老师们认为我十分有想象力，毕业小说给了我distinction（最优秀），我的洋人朋友们让我坚持下去，早日赚钱了回英国喝茶蹦迪。

如今，除了写作，没有什么能支撑我活下去，我与小说同生死，而小说与爱情共命运。

我最爱的作家是马里奥·巴尔加斯·略萨，他的处女作《城市与狗》曾像一块陨石砸穿了十九岁的我，我幡然惊醒，原来小说可以这么写，从此之后我的小说就在结构现实＋魔幻主义的双重夹击下一去不复返了。

一如略萨，我的某些小说里经常有多个叙述者和多重时间轴同时进行，这可能会给读者的阅读带来困难，如果把这种写作手法类比电影，克里斯托弗·诺兰的电影《敦刻尔克》对时间和空间的用法就是一个最好的阐释。这让我在架构长篇的时候尤其费脑子，无数脑灰质因此而消减变薄。

这部小说集里还有一部分小说采用了传统的线性叙述，没有复杂的时间轴，便于阅读和理解。

我从初二起开始吃素，是一个动物狂人，典型的浪漫和理想主义患者，因此你可以在这本小说里看到各种动物、植物和幻想。在我写下这页后记之前，正对着家里的灰喜鹊花花唱《五环之歌》，结果它看着我干呕了两下，居然吐了。虽然它在我家四处排泄，但我还是陶醉于它飞到我身边找我，跳到电脑前，用那双纯洁的小黑眼珠儿盯着我，那一刻，它就是我垃圾生活中的圣光。

花花两个月换毛时，飞到松鼠笼子上啄被吊床钩住脚的松鼠笋尖儿，不料敏感的松鼠奋起自卫，一口咬碎了花花的腿，医生说只能截肢，而它的下腹被划出了一道口子，另一只脚因为感染而变得畸形，从此一生都只剩一只脚缓慢地蹦。

几个月前，我奶奶做了腰椎手术，如今她只能穿着小粉背心儿躺在家里，行动全靠支架。前不久，我去了西藏跟"行走的力量"团队徒步，爬过了 5363 米的垭口都没事儿，最后绊在了拉萨的井盖缝上，韧带撕裂，要在家待近两个月，行动靠双拐。白天只有我们三个在家的时候，我常常觉得分外荒诞和滑稽。

　　花花的尾巴至今也长不好，但每每它跳到我身边，我就会被一种革命浪漫主义情节所笼罩，那时候我就觉得，哪怕我们的生活有俯仰可拾的意外，我的故事里充满了悲伤事故，但世界不会被暴虐自私的人本主义所主宰，我们终将抛弃蠢货，走向更坚强更开阔的明天。

　　而我要做的，就像 Bad Blood 他们《过去，现在，未来》这首歌里唱的那样：

　　我答应过祂永远一直保持纯正，
　　不管走到何处精神永远保持神圣。

杜梨

2017.09.16 于北京海淀家中

图书在版编目（CIP）数据

致我们所钟意的黄油小饼干 / 杜梨著. – 南京：
江苏凤凰文艺出版社，2018.5
　ISBN 978-7-5594-1854-8

Ⅰ.①致… Ⅱ.①杜… Ⅲ.①短篇小说 – 小说集 – 中国 –
当代 Ⅳ.①I247.7

中国版本图书馆CIP数据核字 (2018) 第071183号

书　　名　致我们所钟意的黄油小饼干
作　　者　杜　梨
责任编辑　姚　丽
监　　制　赖天成
装帧设计　丁威静
插　　画　陈　聃
出版发行　江苏凤凰文艺出版社
地　　址　南京市中央路165号，邮编：210009
网　　址　http://www.jswenyi.com
印　　刷　北京中科印刷有限公司
开　　本　880毫米×1230毫米　1/32
字　　数　140千字
印　　张　7.5
版　　次　2018年5月第1版，2018年5月第1次印刷
标准书号　ISBN 978-7-5594-1854-8
定　　价　38.00元

江苏凤凰文艺版图书凡印刷、装订错误可随时向承印厂调换

监制 赖天成 / 装帧设计 丁威静 / 插画 陈 聘